Suely Nunes Cacita

ELVIS
uma Vida – uma Poesia

Copyright 2015 Suely A. Nunes Cacita

Books on Demand

Impresso

Copyright Texto e Fotos 2015 © Suely Aparecida Nunes Cacita.
Edição em conformidade com o acordo ortográfico da lingua portuguesa.
A reprodução de qualquer parte dessa obra é ilegal e configura
uma apropriação indevida dos direitos intectuais e patrimonio da autora.
Impressão e acabamento: Editora Books on Demand / Alemanha
Coordenação Editorial: Dirceu Braz / Alemanha

Contato com a Autora: suelyanc@hotmail.com
Editor: braz-trompete@hotmail.com

1. Primeira Edição 2015

Ilustração da Capa e Layout
Nils Hoffmann / Schwäbisch Gmünd / Alemanha
www.nils-hoffmann-design.de

Impressso nas oficinas da Editora:
BoD - Books on Demand
22848 Norderstedt / Alemanha
Printed in Germany

ISBN 9783738649734

SUELY NUNES CACITA

Suely Nunes Cacita, é sem dúvida uma das grandes e qualificadas pesquisadoras de Elvis Presley na América do Sul. Já desde sua infância, ela era fã incondicional do: "THE KING OF ROCK AND ROLL". Natural da Capital de São Paulo/Brasil e residente já a muitos anos, em Ribeirão Preto, a escritora além de suas atividades artísticas, ela é mãe de duas filhas. Nos anos de 2011 e 2013 visitou os Estados Unidos da América do Norte, para presenciar de perto, muitos lugares onde Elvis esteve durante sua infância, adolescência e juventude. E também onde, ele foi aplaudido e quase como um "Deus" idolatrado. Las Vegas por exemplo, era o lugar onde vinham pessoas de toda parte do mundo, exclusivamente para ouvir o grande "Mestre dos Rebolados" e sentir ao vivo, aquela voz encantadora que conquistou milhões de pessoas e aconchegou várias gerações até hoje. Suely é uma escritora com formação musical clássica, e como pianista e harpista, sem dúvida a faz mais qualificada para analisar com conhecimento profundo as músicas cantadas por Elvis.

Este livro é com certeza, uma joia da literatura brasileira. Uma história, uma pequena biografia do Rei, contada em forma de versos com muita soberania e conhecimento de causa, pela autora. Tudo isso com muita exatidão e profundidade. Porém, falar ou escrever a respeito do Rei do Rock Roll é uma tarefa muito difícil, pois estamos falando de uma grande personalidade do século 20, que foi o eterno e inesquecível, Elvis Aaron Presley, o qual ficará para sempre, nos nossos corações.

© Dirceu Braz

Prefácio

Elvis Presley, o rei do rock roll. O grande mestre do rebolado, com certeza viveu uma vida fora das normas da sociedade das décadas dos anos 50, 60 e 70. Um artista que se apresentou longe dos Estados Unidos, apenas no Canadá, isso porque o seu empresário, conhecido como Coronel, que foi sem dúvida, alguém de suma importância na carreira do ídolo, esse por ser imigrante, não podia deixar o país por viver ilegal nos Estados Unidos e dessa forma, não aceitava convites para que Elvis fosse se apresentar no exterior. Mesmo assim, ele fez com que a carreira do Rei fosse além de todas as fronteiras e perspectivas, que se podia imaginar.

Elvis, filho de Vernon Elvis Presley e Gladys Love Smith Presley, foi um jovem humilde, porém muito inteligente e perseverante. Sua vida agitada, não foi somente uma poesia, sendo que em muitos momentos, se tornasse quase uma tragédia, uma vida com passagens turbulentas. Possuidor de uma beleza física fora do comum, com seus olhos claros e cabelos escuros, era idolatrado por todas as mulheres que o cobiçavam, essas causaram-lhe muitas vezes sérios problemas.

O grande e verdadeiro amor de sua vida foi a jovem Priscilla, nascida em 24 de maio do ano de 1945 em Brooklyn, New York City. Esse encontro foi certamente, um amor à primeira vista, e essa jovem encantadora, ainda menina, tinha 14 anos e Elvis já era um homem adulto e possuidor de uma grande fama e fortuna. Elvis conheceu Priscilla durante sua estadia na Alemanha na cidade de Friedberg, próxima a Bad Nauheim, situada a 40 km de Frankfurt, cidade balneária onde ele comumente frequentava. Essa grande paixão, possibilitou que ambos, anos mais tarde, chegassem ao matrimonio que originou o nascimento da filha Lisa Marie Presley. A filha por força do destino viria, depois de duas décadas, a se casar com "Pop Star", o famoso astro: "Michael Jackson, The King of Pop".

Uma grande perda em sua vida, ocorreu por conta da morte de sua mãe, que ele adorava acima de tudo, nessa ocasião Elvis com apenas 23 anos de idade. Evidentemente, ele, sofreu muito com esse fato.

O jovem artista nasceu mesmo foi para cantar, dançar e também gozar a vida em companhia de seus amigos mais íntimos. Pessoas essas, que no final de sua carreira, demonstraram não serem tão amigos quanto aparentavam ser. Muito generoso para com esses amigos, ele comumente, os presenteava com carros luxuosos como das marcas: Mercedez Bens e Cadillac. Atitude essa que não era bem vista por seu pai. Elvis, além do sucesso na música, conquistou sucesso no cinema também.

Algo que colaborou muito para a sua rápida ascenção nas telas de todo mundo, foi a morte repentina de James Dean (8 de fevereiro de 1931 – 30 de setembro de 1955). Por esse acontecimento, ele praticamente foi convidado a substituir o famoso James Dean, do qual Elvis também era um grande fã. E dessa forma, definitivamente foram abertas as portas para uma carreira cinematográfica jamais alcançada, pelos artistas de sua época. Elvis viveu intesamente todo minuto de sua vida. Viveu como uma chama, que brilha até o último momento e depois se apaga para deixar em volta de si, uma profunda escuridão. Porém sua luz intensa continuará brilhando nos corações de todos aqueles que ainda o admiram e o amam. Elvis Aaron Presley nasceu no dia 8 de janeiro de 1935, Tupelo, Mississippi, Estados Unidos da América do Norte. Porém, ele não faleceu no dia 16 de agosto do ano de 1977 em Memphis, Tennessee, e sim nesse dia, deixou o nosso planeta para brilhar por toda uma eternidade entre todos os Astros e Estrelas do nosso Universo. Elvis, uma vida, uma poesia, uma eternidade!

© Dirceu Braz

"Eu não penso que estou numa competição com outros
cantores porque sinto que cada pessoa é individual;
se você gosta de um cantor em particular, bem...
acho que há lugar suficiente para todos."

☻ ☻ ☻

"Amigos não podem ser familiares, mas algumas coisas pelas
quais você passa podem fazê-los mais íntimos."

☻ ☻

"Amigos são pessoas com quem você pode falar...
sem palavras, quando você tem."

☻

"Lealdade é a coisa mais importante que um amigo pode
lhe dar. Verdade confiança e amizade,
todo amor depende disso."

Pensamentos de um Rei

ELVIS PRESLEY

Dedico esta obra às minhas filhas:
Natacha e Nádia
Ao meu esposo Laercio
A minha mãe Iracy pelo incentivo

In memoriam
Ao meu primo Alexandre e minha avó Regina
fãs de Elvis

Suely Bonolo

Nossos sinceros agradecimentos
a colaboração de Suely Bonolo, proprietária de um acervo do
Rei Elvis Presley do qual foi tirado a maioria das informações
para a elaboração deste livro.

Um agradecimento especial ao meu tio Roque Barbieri e ao
Dirceu Braz pela grande e carinhosa colaboração.

Apresentação

De forma simples e original, embasado em uma ampla pesquisa, e com precisa observação cronológica, através da leitura de Elvis em Versos podemos conhecer com profundidade lírica a história e o dia a dia na vida do Rei do Rock.

Numa narrativa suave, o livro mostra de forma poética os principais acontecimentos que marcaram sua vida e a carreira, desde a infância pobre no Mississippi até os dias de glória e excessos de Graceland.

Um relato delicado sobre o mito, seus sentimentos, descobertas, paixões, amores, decepções, seu pendor pelos desafios, a excentricidade, a personalidade extremista, a soma de todos os atributos que o consagraram como o eterno Rei do Rock, um ícone da cultura popular mundial, amado e reverenciado.

Isso só foi possível graças ao amor, dedicação, conhecimento e sensibilidade de minha amiga Suely que através de meticuloso trabalho, nos brinda com essa deliciosa obra, fundamental para entendermos o homem, o artista Elvis Presley...

Léo Oliveira
Apresentador de Rádio e Televisão

PORTÕES DE GRACELAND

Elvis

Elvis Presley
Tão prematuramente se foi
Deixando um vazio
Em todos os corações

Sua voz suave e terna
Que até hoje
Agrada as gerações
Que nasceram bem depois

Seu carisma, seu rebolado,
O olhar reluzente
E o brilho
De seus macacões

O mito Elvis
Após mais de três décadas
De sua morte
Ainda emociona multidões

Com o seu dom musical
O rosto angelical
De uma beleza ímpar
Fora dos padrões normais

Difícil avaliar um homem
Que embalou
E revolucionou o mundo
Com suas canções

Provavelmente poucas são as pessoas
Que nunca tenham dançado
Ao som
Do rock and roll

Vernon Elvis Presley
Pai de Elvis

David Pressley veio da Irlanda (1740)
E nos meados do século dezoito
Fixou-se nos Estados Unidos
Para construir o seu sonho

Ele era Anglo-Irlandês
Estabeleceu-se em Nova Bern
Na Carolina do Norte
Iniciando uma vida nova

Teve um filho chamado Andrew
Cujo descendente era Dunnan (1827)
Que se casou com Marta Jane
E no Mississippi foi morar

Dunnan abandonou a mulher
Com a qual teve duas filhas
Rosalinda e a bela Rosella
Que nasceu em 1862

Rosella, bisavó de Elvis,
Misteriosa e extravagante
Teve nove filhos ilegítimos
Os quais sozinha criou

Nunca exigiu nada do pai deles
E trabalhou duro
Nas fazendas de algodão
Para os seus filhos criar

Jessie Pressley, filho de Rosella,
Casou-se com Minnie Mae Hood
Tiveram filhos, entre eles Vester
E Vernon que iria ser pai de Elvis

Jessie era magro
Gostava de vestir-se bem
Elvis herdou dele a elegância
E a aparência física também

Com 1,90 m de estatura
Era uma pessoa honesta
Mas pelos maus hábitos
Vivia metido em encrencas

A família passava necessidade
Ficava meses desempregado
E sua esposa Minnie Mae
Começou então a detestá-lo

Vernon e Vester seus filhos
Não puderam estudar
E Vernon Elvis Presley
Mal sabia o nome assinar

Gladys Love Smith
Mãe de Elvis

Os Smith vieram
Da Carolina do Sul
O tataravô de Elvis
Chamava-se John Smith

Obe era filho de John
Que se casou com Ann Mansell
Foram morar no Mississippi
Onde boas terras compraram

O segundo filho do casal
Era Robert Lee Smith (Bob)
Que se casou com Octavia
Que seriam avós de Elvis

Eles eram primos de 1º grau
Geraram muitos filhos
Dentre eles
Gladys Love Smith

Gladys era ativa e bonita
Muito parecida com o pai
Era uma família migrante
Em Tupelo se fixou

Tupelo –
Estado do Mississippi

Os negros de Tupelo eram miseráveis
Viviam do outro lado da linha de trem
Era o marco que separava
O bairro dos brancos

Os brancos de Tupelo
Eram muito pobres
Mas se integravam com os negros
Através da música intensa e forte

Havia um elo entre eles
Que era a miséria em que viviam
Mas o canto acalentava
Suas almas e seus corações

Esta nova cidade modelo (1930)
Com o Presidente Roosevelt
Tornou-se evoluída
Pela industrialização

Cidade onde predominava
A cultura algodoeira
O trabalho com o algodão
Movia Tupelo inteira

Por causa deste produto
Fábricas instalaram-se na cidade
O algodão virou tecido e roupas
Nas hábeis mãos das costureiras

Em Tupelo era comum
O sobrenome Pressley
Que era escrito com dois "s"
E um deles famoso ficaria

Cidade bem pequena
Onde predominavam as tradições negras
Dentre as muitas famílias pobres
Os Presley era uma delas

Nesta diminuta cidade
Em Tupelo no Mississippi
Onde não havia luxo
Nasceria o Rei do rock and roll

Elvis Aaron Presley

Vernon tinha 17 anos
E Gladys 21 completos
Ele era despreocupado
E ela esforçada e ativa

Gladys era costureira
Trabalhava numa fábrica
Vernon na colheita de algodão
E de ajudante de caminhão

Mas os opostos se atraem
Daí surgiu o romance
Depois o casamento (17/06/1933)
E felizes viveram

Foram morar com Jessie
Depois Gladys engravidou
Queria ter uma casa
Onde pudesse seus filhos criar

Vernon tomou emprestado dinheiro
E uma casa de madeira construiu
No terreno ao lado
Que pertencia a seu pai

Com a ajuda do pai e de Vester
Fez dois cômodos pequenos
Não imaginou que a humilde casa
Famosa iria se tornar

Hoje esta pequena casa
Atrai milhões de fãs
Mas está bem diferente
Da época em que Elvis nasceu

Gladys que era muito intuitiva
Sabia que iria ter gêmeos
Um chamaria Jessie Garon em homenagem ao avô
E o outro Elvis Aaron em homenagem a Vernon

Vernon Elvis Presley e Gladys Love Smith Presley
Um casal bonito e feliz
E em 8 de janeiro de 1935
Nasceu Elvis e suas vidas mudariam

O nome Elvis era comum
Na população irlandesa
Na antiga grafia era "Alviss"
O mesmo que "sapiência"

Vernon semianalfabeto
Escreveu Aron com somente um "a"
Mas depois foi corrigido
E "Aaron" foi reescrito

O primeiro a nascer foi Jessie
Trinta minutos depois
Elvis veio ao mundo
Imortalizando-se

Nasceu Jessie e Elvis
Mas só Elvis sobreviveu
Ficando sempre na lembrança
O irmão gêmeo que morreu

Gladys chorou muito
Pela morte de Jessie
E o médico falou que
Não teria mais filhos

A perda de Jessie
Não foi superada por Gladys
Criava sempre fantasias
Como se vivo ele estivesse

Ficou somente Elvis
Loiro de olhos azuis
Que nasceu predestinado
A brilhar como um astro

Criou Elvis com superproteção
Incutindo em sua mente
A imagem do irmão morto
Como se estivesse presente

Elvis sempre dizia
Que o irmão estava no céu
E comunicava-se com ele
Através de suas orações

Iam sempre ao cemitério
Onde o irmão estava enterrado
Cresceu com sua sombra
Sempre presente a seu lado

Sua personalidade foi dividida
Pela lembrança do irmão
E durante a infância
Pensava em santo tornar-se

Dizem que quando um irmão gêmeo se vai
O que fica assimila suas qualidades
Elvis disse: "Se isso não aconteceu,
Então tive muita sorte"

Gladys queria o melhor para o filho
Um emprego fixo e uma casa maior
Ela nunca imaginou
Que ele seria um cantor

Pouco se sabe sobre a sua infância
Dizem que era sonâmbulo quando criança
Dormia com sua mãe
Pois na casa só tinha uma cama

Mãe e filho tinham um amor imenso
Ele apelidara-a de "Satnin"
Conversavam na língua dos bebês
Onde só eles podiam entender

A infância foi muito difícil
Não chegou a passar fome
Mas muitas vezes sua alimentação
Era escassa e pobre

Sua mãe quase sempre
Passava certas privações
Para que ele pudesse
Comer um pouco de carne

Gladys mandava Elvis
Esconder todas as panelas
Se visse visitas chegando
Pois não podiam a comida dividir

A carne bovina era cara
Já a de porco nem tanto
Que por ser mais barata
Pelos Presley era apreciada

Era ainda o período
Da grande depressão econômica
E piorando a situação
Tupelo foi arrasada por um furacão

Vernon não tinha emprego (1937)
E para comprar alimentos
Um cheque falsificou
E foi parar na prisão

E lá fez diversos trabalhos
Inclusive na colheita de algodão
A pena teve que ser cumprida
Bem longe da família

Ficou encarcerado por algum tempo
E o empréstimo da casa
Por isso não pôde pagar
Gladys e Elvis tiveram que se mudar

Foram morar com os pais de Vernon
E um emprego arranjou
Para sobreviver com Elvis
Gladys teve que trabalhar

Não conseguia cobrir
As despesas da casa
Mesmo trabalhando duro
Às vezes até de lavadeira

Gladys já havia perdido
O pai e a mãe também
E com Vernon na prisão
Só tinha Elvis para cuidar

Trabalhava como costureira
Para o filho sustentar
Até o marido ser solto
E para casa poder voltar

Viajavam horas de ônibus
Na ida e na volta também
Para visitar Vernon
Na longínqua penitenciária

Vernon finalmente saiu da prisão
Longe de casa um novo emprego arrumou
Vindo somente aos domingos
Deixando Gladys e Elvis sozinhos

De personalidade dominadora
Ela era o "homem" da casa
Sempre cuidando do filho
Dando-lhe o necessário para viver

Gladys era a líder
Com forte personalidade
Extremamente matriarcal
E Vernon apenas seu seguidor

A ausência do pai influenciou
E marcou a vida de Elvis
Tornando-o um autêntico
"Filhinho" da mamãe

A mãe o acompanhava
Em todos os lugares
Tanto na ida como na volta
Protegendo-o demasiadamente

Quando não o achava
No meio dos outros meninos
Ficava desesperada
Gritando o nome do seu filho

Um dia Gladys bateu-lhe
Por ter sumido de sua vista
E ele chegava a pensar
Que ela não o amava mais

Eram extremamente ligados
Elvis às vezes não brincava
Para não se afastar
Da sua mãe amada

Certa vez achou uma garrafa vazia
E carregou-a para casa
Ela ficou muito brava com ele
Pensando que havia tirado de alguém

Para ela, Elvis era um príncipe
Do qual cuidava com toda dedicação
Pois seu marido um pouco displicente
E ela tinha que o filho educar

Não tinham muita diversão
Mas uma delas era ir à igreja
Onde teve contato com a música Gospel
Que o acompanhou pela vida inteira

Iam à Assembléia de Deus
E para o seu Deus oravam
Cantando hinos de louvor
Em homenagem ao Senhor

Para os Presley a música
Era um alívio dos sofrimentos
Daquela vida dura
Mas para Elvis era um êxtase

Desde criança
A igreja frequentava
Foi onde iniciou
O aprendizado musical

Quando pequeno
Gostava de cantar
Com o coro da igreja
Mesmo sem entender as letras

A influência da música negra
Estava em todos os lugares
O gospel, o blues
Faziam parte do som local

Teve uma educação rígida
Tratava por senhor e senhora
Todas as pessoas mais velhas
E por ser educado a muitos encantou

Quando adulto comentou:
"Meus pais me deram o melhor
Que uma pessoa possa ter
Mostrando-me o certo e o errado"

Tinha uma coleção de gibis
Gostava do Capitão Marvel
Que influenciou o seu estilo
E também suas maneiras

Ficava horas na frente do espelho
Imitando o seu herói
Em posição ereta
E os braços em horizontal

Do seu ídolo copiou
O topete caído na testa
E a capa que ele usava
Também seria copiada

As músicas dos "Spirituals"
Tinha uma dramaticidade intensa
E deixavam Elvis fascinado
Que no íntimo queria imitá-los

Gostava de ver os cantores country
Com suas roupas cheias de franjas
E com os luminosos cetins
Que refletiam em seus olhos

Um dia a professora perguntou
Se alguém sabia rezar
E Elvis respondeu:
"Professora eu sei cantar"

Participou da Feira Rural (1945)
De Mississippi-Alabama
E fez sua primeira apresentação
Para um grande público

Vestido com roupas de cowboy
Subiu numa cadeira
Para alcançar o microfone
E cantou a música "Old Shep"

Com o seu talento natural
Neste concurso local
Cantou e ficou em segundo lugar
E do palco não sairia jamais

Ganhou cinco dólares
Cantou sem acompanhamento
E também obteve o direito
De divertir-se nos brinquedos

A música era "Old Shep"
Melodiosa e sentimental
Elvis quando famoso ficou
Em seu segundo álbum e a gravou

Ele ouvia a rádio local
Dedicada à música negra
Entre os cantores estava B. B. King
E os outros de blues

Quando fez 11 anos
Queria uma bicicleta ganhar
Mas o dinheiro era pouco
E Vernon não pode lhe dar

Ganhou um violão (1946)
O qual começou a dedilhar
Com a ajuda do tio Vester
Técnica iria ganhar

Cantarolava o blues
Canções da igreja também
E sem perceber
Um astro começou a ser

Finalmente ganhou
A esperada bicicleta
Ficou tão realizado
E também emocionado

Sua avó, Minnie Mae,
Avó por parte de pai
Divorciou-se do marido
E com Vernon veio morar

Esta doce vovó
Com carinho e amor
Acompanhou seu neto
Durante sua vida de cantor

Eles viviam mudando
De um lugar para o outro
Vernon não conseguia
Ter um emprego fixo

Quase sempre desempregado
Nunca se estabilizou
E com a falta de dinheiro
Tudo piorou

Elvis dividia seus brinquedos
Com as outras crianças
Não dava valor a coisas materiais
Doou até a coleção de gibis

Seu desapego aos bens
Conseguido era tanto que
Chegou até a doar
A adorada bicicleta

Em 1948 os Presley mudaram-se
Juntaram seus escassos pertences
E foram para Memphis
Uma cidade do Tennessee

A mobília era pouca
Coube toda no velho "Plymouth"
Amarraram-nas à capota
Na esperança de vida melhor

No início foram morar
Em um quarto de um casarão
Vernon trabalhava numa fábrica
E Gladys de auxiliar de enfermeira

Elvis tinha 13 anos
Iria novos caminhos seguir
Ouvia a música negra,
O gospel e também o blues

Ele assustou-se com a nova escola
Que tinha muitos alunos
Ficou perdido pensando
Se os meninos zombariam dele

Gladys levava e buscava o filho
Até na idade de 15 anos
Elvis sentia-se constrangido
Com esse comportamento

Através da ajuda social
Mudaram para um prédio melhor
Apesar de popular
Eles iriam adaptar-se

O nome era Lauderdale Courts
Um conjunto de prédios pequenos
Num apartamento de dois cômodos
Para famílias de baixa renda

Às vezes faltava à escola
Ficava assistindo os shows
E com muito entusiasmo
Num deles até cantou

Não foi um aluno brilhante
Mas bastante popular
Usando suas roupas extravagantes
E a cabeleira que esvoaçava no ar

Era um rapaz tímido
Diferenciava-se de todos os outros
Vestia-se de forma não usual
Com as cores rosa, preto e limão

Cores sempre berrantes
Camisas brilhantes
E calças bem frisadas
Era um adolescente diferente

Gostava das roupas dos negros
E as usavas também
Casacos cor de rosa
Em Elvis tudo ornava bem

Tinha um belo topete
Que brilhava com brilhantina
E também as costeletas
Que seu estilo registraria

O topete era igual do Tony Curtis
O qual Elvis imitava
Pois era o seu ídolo
Que na época cultuava

Gostava de James Dean
E de Rodolfo Valentino também
Futuramente viria a imitá-lo
No filme "Harum Scarum"

Tinha cabelos loiros
Que eram bem penteados
Para mais velho aparentar
Pretos queira torná-los

Encrencas e mais encrencas
Por causa de seu visual
Ridicularizado por colegas
Que queriam lhe fazer mal

Fez amizade com Red West
Que o defendeu dos alunos
Eles queriam cortar a força
Sua vasta cabeleira

Não havia quem não notasse
Aquele rapaz tão controvertido
Usando roupas coloridas
E dono de um rosto perfeito

Tinha estilo próprio
Sua aparência o tornava mais velho
Com seu jeito de durão
E um olhar bem sexy

Por causa do seu estilo
Não queriam emprego lhe dar
Mas com sua educação polida
Superava e sempre conseguia

Jogou num time de futebol
Mas sua mãe o fez desistir
Temendo que alguma coisa ruim
Pudesse lhe acontecer

Começou namorar Betty
Que gostava muito de dançar
Mas o tímido Elvis
Não conseguia os passos trocar

Fez o colegial
Na escola L. C. Humes
Onde o diploma conquistou
E então se realizou

Sem perspectiva
Trabalhou como operário
Ganhava mais que Vernon
Que era carregador

Sua mãe ainda trabalhava
Como auxiliar de enfermeira
E Elvis tudo que ganhava
Em casa entregava

Exerceu a função de lanterninha
E também como motorista de caminhão
Talvez pela insistência do pai
Eletricista iria se tornar

Vernon sempre perguntou
Se ele queria ser músico ou eletricista?
Pois nunca tinha visto
Um músico que tivesse valor

Elvis ganhava 41 dólares por semana
Trabalhando como motorista de caminhão
Agora podia se dar ao luxo
Pagando sofisticados barbeiros

O cabelo sempre bem aparado
E as costeletas delineadas
Era o estilo daquele garoto
Que a muitos incomodava

Foi inaugurada a Sun Records (1952)
Uma gravadora local
Que estava predestinada
A tornar Elvis um cantor

Sam Phillips
Era um ex-disc-jóquei
De rádios country
Que tinha sua própria gravadora

Elvis gostava do show de J. D. Summer
Um cantor gospel de sucesso
Que deixou ele ver seu show
Mesmo sem pagar ingresso

J. D. Summer
Não poderia imaginar
Que Elvis se tornaria um astro
E com ele iria cantar

Este cantor gospel
Tinha a voz bem grave
Cantava e encantava
Elvis tentou imitá-lo

Quando fez dezoito anos
Vernon com poucos dólares
Um carro lhe comprou
E nova namorada conquistou

Sua religiosidade
Sempre esteve presente
Ser um cantor gospel
Era o que tinha em mente

Elvis estava no lugar certo
E na hora certa também
Quando resolveu gravar um disco
Não imaginou o que iria acontecer

Entrou na gravadora
Que por apenas quatro dólares
Gravava duas músicas
Em um disco de acetato

Num sábado de muito sol
Na Sun Records entrou
E de presente para sua mãe
"My Happiness" gravou

Este primeiro disco
Tinha duas canções
De um lado "My Happiness" e do outro
"That's When Your Heartaches Begin"

A secretária da gravadora perguntou
Com quem era parecido o seu som?
Elvis retrucou: "Com ninguém"
E ela se encantou

Marion chamou a atenção de Sam
Para esse tipo de som
Que o garoto branco
Cantava e interpretava

Sam Philips dono da gravadora
Sempre dizia que: "Se achasse um branco
Que cantasse como um negro
Ganharia milhares de dólares"

Então o elo aconteceu
Do menino branco
Que dançava e cantava como um negro
Em "That's All Right (Mama)" o sucesso começou

Era um novo rítmo
Que misturado ao country dos caipiras
E que de rockabilly
Era chamado

Estourou nas paradas
E Sam Phillips, quase não atendeu a demanda
Elvis fez seu primeiro show
Na carroceria de um caminhão

Nasceu assim um novo estilo
O tal do rock and roll
Rítmo contagiante
E o mundo se apaixonou

Na Sun Records fez (1954)
Sua primeira gravação
Já como profissional
E "Harbor Lights" gravou

Elvis cantou de tudo
O country, o gospel e o blues
Desta mistura toda
Surgiu um novo ritmo musical

A sua irreverência e o seu rebolado
Tinha implícita malícia
Que levava as adolescentes
Ao ápice da histeria

Seu sorriso encantava
Possuía uma particularidade
Era torcido para o lado
Esquerdo do rosto

Sua perna inquieta
Pulava pra lá e pra cá
Acompanhando o ritmo
Fazendo as garotas gritarem

Ele dizia que:
"Não conseguia cantar parado
E que sem sua perna esquerda
Provavelmente estaria morto"

Balançou os joelhos
Por nervosismo na primeira vez
Não parando mais
Vejam o que aconteceu

Nascia "Elvis, The Pelvis"
O Elvis que rebolava,
Chacoalhava e movia-se sem igual
Agitando a juventude local

Disse que era difícil
Explicar o rock and roll
Não podia evitar os movimentos
Que acontecia com ele

Era idolatrado
E encarnava toda
A rebeldia dos jovens
Tornando-se um símbolo sexual

Distribuía beijos
Entre as mocinhas histéricas
E os seus belos traços físicos
Sensualidade despertava nelas

Tinha que sair correndo dos palcos
Para não ser rasgado
Abraçado, beijado
E também arranhado

As fãs entusiasmadas
Queriam alguma coisa
Um pedaço de roupa
Ou mesmo um fio de cabelo

Colecionava blusas de tricô
E também meias
Todas feitas à mão
Presentes de suas fãs

Sua vida transformou-se
Morava na estrada
Ficando por meses fora
Deixando Gladys preocupada

A dedicada secretária
Que descobriu Elvis
Montou o primeiro fã clube
Para seus admiradores

Por causa
Do seu sotaque sulista
Foi considerado um cantor caipira
O famoso "Country Boy"

Elvis tinha vários apelidos
Um deles era "The Hillbilly Cat"
O gato caipira e o relâmpago de Memphis
"The Memphis Flash"

Outros apelidos surgiram
"Elvis, The Pelvis", "Big E",
Chamado também de "Crazy"
Mas o titular era "The King"

Tinha um guarda costas
Que o protegia das fãs
O dinheiro começou fluir
E bens adquiriu

Comprou o famoso Cadillac
Crow Victoria branco e rosa
Deu de presente para sua mãe
O qual ela nunca dirigiu

Adquiriu uma casa melhor
E os pais contentes ficaram
Com moradia própria
Vernon aposentou-se

Os Presley agora moravam bem
Mas a vizinhança não gostou
Com seus costumes caipiras
Na varanda, as roupas pendurou

Em 1946 Elvis ganhou o seu primeiro Violão

Thomas Andrew Parker
Empresário

Coronel Tom Parker
Ex-vendedor de quinquilharias
Sagaz como uma raposa
Sempre a procura de novos artistas

Procurava artistas country
E estava no lugar certo
No estado do Tennessee
Viu em Elvis grande perspectiva

Elvis seria uma máquina
A máquina de fazer dinheiro
Com 1,84 m, e sexy
E dono de uma beleza extrema

O grande empresário
Coronel Tom Parker
Valorizou o ídolo
Vendendo-o para a RCA Discos

O polêmico coronel
Que não tinha patente militar
Mas impunha autoridade em Elvis
Isso ninguém pode negar

O título de coronel
Denominação honorífica
Foi-lhe concedido pelos
Estados da Louisiana e do Tennessee

Usava uma bengala
E sempre um charuto a fumar
Tinha duas paixões
Uma era comer e a outra jogar

Foi um dos maiores jogadores
Da história de Las Vegas
Fazia apostas máximas
E às vezes perdia milhões

Com seus 150 quilos
Sabia manipular o público
Tinha 47 anos quando
A Elvis se juntou

Não tinha cartão de crédito
E também nunca um cheque assinou
Não devia nada para o imposto de renda
Pagava tudo em dinheiro

Este holandês viveu nos EUA
E não tinha passaporte
Sem precisar provar
Quem realmente ele era

Um contrato com a **RCA,** foi sem dúvida algo decisivo na carreira de Elvis

O Sucesso e o Exército

Elvis estourou nas paradas (1956)
Com "Heartbreak Hotel"
O Hotel dos Corações Partidos
E mundialmente famoso ficou

E no programa de TV
De maior audiência
Para milhões de pessoas
"Love Me Tender" cantou

Novamente nas paradas
"Hound Dog" polêmica causou
Elvis cantando no palco
Com um cachorro de grandes orelhas

Fez uma famosa apresentação na TV
Mas só da cintura para cima
Podia ser filmado
Escondendo o seu rebolado

Sucessos através de sucessos
Motos e belos carrões
Tudo para aquele jovem
Que aglomerava multidões

Seu rebolado incomodava
As famílias e os padrões sociais
Mas como ele dizia:
"Parado, prefiro dirigir caminhão"

Deixava as meninas eufóricas
Todas queriam tocá-lo
Choravam, gritavam,
Por "Elvis, The Pelvis"

Veio cantar com ele
O conjunto "The Jordanaires"
Cantavam e encantavam
Nos lugares onde se apresentavam

Fez shows em grandes cidades
Em vilarejos também
Espalhou pela América
Seus gestos e sua dança

Voltando de um show no Texas
Envolveu-se em uma briga
Onde foi agredido pelo
Frentista do posto de gasolina

Elvis lhe deu-lhe um soco
E foi parar no Tribunal
Mas foi absolvido
Por legítima defesa

Tinha fama como cantor
Todavia no íntimo queria ser ator
Imediatamente contratos
Em Hollywood assinou

Pensava que
Duraria mais na carreira
Sendo um bom ator
Porém ele se enganou

Foi para Hollywood
Para filmar "Love Me Tender"
Por ser muito simples
Não gostou da terra do cinema

Na primeira oportunidade
Para Memphis retornou
Voltava para suas origens
Na terra que sempre amou

"Love Me Tender" foi lançado
Foi seu primeiro filme
A música com o mesmo nome
Um sucesso se tornou

Seu segundo filme "Loving You"
Em uma das cenas pode-se ver
Gladys e Vernon aplaudindo
Seu maior ídolo, o filho

Filmes um após o outro
"Love Me Tender", "G. I. Blues",
"King Creole", "Loving You"
Fizeram de Elvis ator

Num concerto em Chicago
Usou o seu "Gold Lame"
O famoso terno dourado
Que no palco brilhava

Chamavam-no de rei
Mas ele sempre retrucava
Dizendo que: "O único rei
Era Jesus Cristo no qual acreditava"

Foi o maior artista
Que o planeta Terra já tinha visto
Era sucesso em todo mundo
E ganhou dinheiro a cântaros

Mas ele era o rei
O Rei do rock and roll
E como todo rei tem um castelo
Graceland Elvis comprou (1957)

Uma casa maravilhosa
Em belo estilo sulista
Graceland o seu sonho
Finalmente se realizou

Foi construída em 1939
Pelo Dr. Thomas Moore
Que a batizou de Graceland
E Elvis o nome dela conservou

O terreno fazia parte
De uma grande fazenda
Elvis comprou a casa
Com área de 13 acres

Reformada a seu gosto
Supervisionou toda a obra
Com grande interesse
E um enorme prazer

Em 10 de abril de 1957
Elvis, Vernon e Gladys
Para a nova casa
Entusiasmados se mudaram

Sempre gostou de animais
Comprou patos e galinhas
Para Gladys criar
Fazendo-a feliz.

Fez o Jardim da Meditação
Onde passava horas a refletir
Meditando e tentando entender
Porque ele era um predestinado

Construiu uma piscina
Decorou toda mansão
E notas musicais
Colocou no portão

Este portão atraía muitos fãs
As notas feitas em metais
A figura de Elvis no violão
Atração com certeza virou

Sua figura em metal
Em tamanho bem maior
Do que o natural
Como Elvis idealizou

Sempre que chegava em sua casa
O portão estava cheio de fãs
Colocava o carro na garagem
E voltava para atendê-los

Tinha aparelhos de TVs
Espalhados em todos
Os cantos da casa
E um enorme no seu quarto

A mansão dos seus sonhos
Da qual nunca se mudou
Vivendo lá até os últimos instantes
Hoje um museu se tornou

Sua cor preferida era o azul
Usada nos guardanapos
Nas toalhas de mesa
E também nos acortinados

Graceland era o único lugar
Onde se sentia livre
Gostava de brincar com kart
E dirigia a toda velocidade

Adquiriu outra mansão
Em Bel-Air, Hollywood
Dividiu sua vida entre as duas
Mas Graceland era a preferida

Marco importante em sua vida
Era sua mansão, seu lar,
Onde sempre voltava
Para se divertir e repousar

Elvis dizia:
"O único tempo que tenho para mim
É quando passo por esta porta
E tranco-a por dentro"

Também falava:
"A verdade é como o sol,
Podes esconder durante algum tempo,
Mas não desaparece"

Sempre rodeado de parentes
E também de amigos
Tinha uma vida de opulência
Onde não podia viver sozinho

Lealdade era a principal coisa
Que um amigo podia dar a Elvis
Amigos não são familiares
Mas pessoas que você pode contar

Passava horas de puro êxtase
Aprimorando sua bela voz
Que com o passar dos anos
Tornou-se um vozeirão

A influência gospel
Impôs-lhe grande preferência e,
Ao gravar "Peace In The Valley",
Mostrou ao mundo a sua potência

Esta canção era a preferida
De sua adorada mãe
Numa apresentação na TV
Com orgulho a interpretou

O apresentador do programa
Não queria tal canção
Sua mãe pediu para ele cantar
E ele atendeu seu pedido

Tom Parker era maquiavélico
E para livrar Elvis da fama
De "corrompedor" da juventude
Queria que ele fosse um bom soldado

Mesmo sendo famoso (1958)
As forças armadas o convocaram
E ele como bom americano
Com orgulho se alistou

Elvis – o soldado modelo
Todos no exército pensaram
Que ele quebraria as regras
Mas se enganaram

Cortaram seu cabelo
E não adiantava protestar
Os fãs queriam ter acesso às mechas
Mas não puderam alcançar

Enquanto no exército permaneceu
O filme "King Creole" era lançado
Vernon e Gladys foram assistir
Pois era o seu melhor trabalho

Gladys comia compulsivamente
E muito peso ganhou
Não querendo continuar assim
Tentava emagrecer

Teve uma hepatite aguda
Adquirida através dos anos
Foi para o hospital
Elvis tirou licença para vê-la

Gladys veio a falecer (14/08/1958 aos 46 anos)
Elvis exclamou no funeral:
"Tudo o que eu tinha se foi,
ela era o sol do nosso lar!"

Não teve condições
De permanecer até o fim da cerimônia
Essa tragédia o marcou
Pelo resto de sua vida

Seu olhar perdido no mundo
Abraçado ao Vernon no funeral
Lamentava a insubstituível perda
Que nunca conseguiu superar

Apegado à mãe desde pequeno
Perda impossível de aceitar
O que faria dele um eterno amargurado
Pela falta da rainha de seu lar

Estava órfão aos 23 anos
E a vida tinha que continuar
Nada que fizesse
Faria Gladys ressuscitar

Gladys era o seu esteio
Seu suporte moral
Era sua confidente
E agora não a tinha mais

Em sua lápide foi escrito
Gladys Love Smith Presley
Esposa querida de Vernon
E mãe de Elvis Presley

No seu leito de morte
Ela pediu para Elvis nunca abandonar
Seu querido Vernon
E a todos os lugares o levar

Depois do funeral
Permaneceu em Graceland
E transformou o quarto da mãe
Em um santuário para adorar

Enviado à Alemanha
Para terminar o serviço militar
Levou junto sua avó Minnie e Vernon
Dos quais não podia se separar

Alugou uma casa na Alemanha
Pois ele era um soldado especial
Onde podia comer a comida caseira
Feita pela sua querida vovó

No exército descobriu
A fascinação pelas artes marciais
Queria ser um campeão
E tinha muito que treinar

Dirigia um jipe de combate
Que o deixava ainda mais charmoso
Exibindo seu lindo boné
Levando as fãs à loucura

Conheceu Joe Esposito
E logo amigo se tornou
Ele acompanhou Elvis
Pelo resto da vida do cantor

Longe de casa
Mas logo do exército sairia
E ainda preocupava-se
Se o público dele se lembraria

O astuto coronel
Colocava músicas inéditas no mercado
Com o intuito de vender
E não deixar os fãs o esquecer

Revoltado com seu pai
Que arrumou nova namorada
Elvis disse que ele não respeitou
A memória de sua mãe amada

Vernon queria casar com Dee
E Elvis não aceitou a situação
Para ele era uma ofensa
Alguém tomar o lugar de Gladys

Mesmo longe do seu país
Elvis não abriu mão de seu hábito
Comia os sanduíches de banana
Com pasta de amendoim

Ele não tomava bebidas alcoólicas
Gostava muito de bebidas energéticas
E também apreciava
Refrigerante de Cola

Sempre com carinho
Lembrava da comida de sua mãe
Que consistia em carne de porco
Milho, batata e ovos

Para manter-se em plantão
Como um bom soldado
Acordado tinha que ficar
Começou medicamentos tomar

Dormia de duas
A três horas por noite
Isso o deixava cansado
Pelas noites mal dormidas

Ele era hipocondríaco
E ingeria remédios pela cor
Com medo de vir a ter
Algum tipo de dor

No ano de 1958 Elvis foi convocado para servir ao Exército

O Rei do Rock passou dois anos na Alemanha

Na cidade de Friedberg / Alemanha deu-se o encontro com Priscilla. Seu eterno e grande amor.

Priscilla Ann Beaulieu

Priscilla aos onze anos
Ganhou um LP
Com a inscrição "Elvis Presley"
Que ela curtia sem parar

Morava também na Alemanha
Pois seu padrasto era militar
Foi transferido para lá
E à nova vida tinha que se adaptar

Foi convidada a conhecer
O Rei do rock and roll
E não pensava em mais nada
Até que aquele dia chegou

Recebida por Vernon
Foi levada até a sala de estar
Elvis estava cantando ao piano
E ela perdida em emoções

Foi apresentada à avó Minnie
A qual lhe agradou
E teve certeza que voltaria
Pois romance havia no ar

Priscilla Ann Beaulieu
Menina de apenas quatorze anos,
Filha de um oficial
Casaria-se com Elvis anos depois

Tímida, linda e singela
Que aos poucos entrou na vida do Rei
Ouvia seus lamentos
Suas alegrias e seus medos

Ela o entendia e o acalentava
Ouvia seus sonhos e tristezas
E a cada dia que passava
Estava mais apaixonada

A ausência de Gladys
De alguma forma
Estava sendo preenchida
Ao lado daquela linda menina

Elvis foi à casa dos pais dela
Pedir permissão para o namoro
O pai concordou desde que ele
Fosse buscá-la e levá-la em casa

Foi promovido a sargento
E para os Estados Unidos voltou
Deixando na Alemanha
A menina por quem se apaixonou

Priscilla foi alvo das atenções
Enquanto Elvis entrava no avião
Ela acenou para ele
Despedindo-se do seu amor

Voltou a Tupelo
Com honras de herói
Neste dia foi decretado feriado
O feriado "Elvis Day"

Tornou-se herói nacional
Provou ser um bom cidadão
O povo americano
Reverenciou-o com emoção

Priscilla quase entrou em depressão
Esperava um telefonema
Do seu grande amor
Que só ligou dias depois

Horas e horas ao telefone
Declarações de amor
Priscilla apaixonada
Não podia mais sem ele viver

Elvis fez-lhe um convite
Para ir visitá-lo
Depois de muita insistência
Seus pais autorizaram

Ela foi até Los Angeles
Conheceu Las Vegas
E passou dias maravilhosos
Sempre linda e maquiada

Entrar na vida de Elvis
Significava viver
Num mundo diferente
Onde tudo era exagero

Ir para Graceland
Foi a realização de mais um sonho
Ganhou um cachorrinho de Elvis
E colocou o nome de Honey

"Welcome to My World"
É o título de uma de suas
Mais belas canções
Onde expressou a alegria em recebê-la

Usava vários tipos de remédios
E insistia para Priscilla também usar
Ele dizia que conhecia todas as
Pílulas que consumia

Ela aceitou e tomou várias delas
Dormiu durante dois dias inteiros
Todos apavorados ficaram
Depois acordou, e Elvis feliz sorria

Após muitas idas e vindas (1962)
E de muita insistência
Priscilla convenceu seus pais
E para Memphis se mudou

Viver com Elvis
Era trocar a noite pelo dia
Ele sofria de insônia
E geralmente dormia de dia

Ela ficava em Graceland
Enquanto Elvis filmava em Hollywood
Contava as horas para tornar a vê-lo
E quando juntos, aproveitava cada segundo

Priscilla adorava Elvis
Tinha que estar sempre arrumada
Pois Elvis gostava de vê-la
Sempre bem maquiada

Seu cabelo era comprido
E tinha que estar armado
No rosto maquiagem pesada
Que a fazia parecer mais velha

Uma grande paixão do jovem cantor, foram os automóveis super luxuosos para aquela época

Depois de uma coleção de carros, o Rei chegou a possuir até mesmo um avião

Caminhando para a maturidade

Dee divorciou-se do marido
E casou-se com Vernon
Trazendo para Graceland
Os seus três filhos pequenos

Elvis não aceitou a madrasta
Não queria ela em Graceland
Pois ninguém podia ocupar
O lugar de sua mãe querida

Aceitou os filhos dela
Que ainda eram pequenos
Tratou deles com carinho
Considerou-os quase irmãos

Vernon e Dee
Foram morar em outra casa
Para não contrariar Elvis
Que não gostava da madrasta

Priscilla ficou sob os cuidados
De Vernon e de Dee
E com a promessa
Dos estudos concluir

Elvis fazia três filmes por ano
E a insônia era sua companheira
Tomava calmantes para dormir
Consultando seu livro de cabeceira

Esse livro ao lado da Bíblia
Era todo ilustrado
E continha todas as pílulas
Que existiam no mercado

Queria ser um bom ator
Sonhava ser como
James Dean, o ídolo
Que admirava e imitava

A Paramount anunciou
"G. I. Blues"
O filme foi projetado
Quando ele deixou o exército

Cantou com Frank Sinatra
Que outrora criticou seu gênero musical
Mas o programa foi um sucesso
E "It's Now Or Never" gravou

Mudou radicalmente o estilo
Um Elvis mais terno tornou-se
Ao gravar "His Hand In Mine"
Um LP gospel como sempre sonhou

Participou de show beneficente
E também foi ao Havaí
Onde filmou "Blue Hawaii"
Um de seus filmes de maior êxito

Elvis raramente via seus filmes
E nem escutava seus discos
Gostava muito de ver TV
E ouvir o blues também

Filmes após filmes
Um seguido do outro
Quem quisesse ver Elvis
Ao cinema tinha que ir

Ele estava isolado
Passava seu tempo com os amigos
Os quais batizou de a "Máfia de Memphis"
Afirmavam que ele ainda era o máximo

Surgiu a maior banda
De todos os tempos
E os The Beatles invadiram o mercado
Deixando Elvis preocupado

Outras bandas também surgiram
The Rolling Stones foi uma delas
Elvis tinha que ser ágil
Para não perder o estrelato

Enquanto ele filmava "Kissin' Cousins"
Uma comédia em que vivia dois papéis
A imprensa não perdoou
E terrivelmente o massacrou

Um novo cabeleireiro
Veio cuidar dos seus cabelos
Além de mudar seu penteado
Mudou também sua mente

Larry Geller mostrou a Elvis
Novas idéias filosóficas
E religiosas
Mudando seus conceitos

Mas outro papel assumiu
E um bom trabalho surgiu
Em "Viva Las Vegas"
Com Ann-Margret como atriz (1964)

Nasceu um conturbado romance
Do Rei com a grande atriz
Mas Priscilla enciumada
Não gostou do que ouviu

Priscilla formou-se no ginásio
E Elvis assistiu de longe
Sem poder entrar no ambiente
Que com certeza o tumultuaria

Ela vivia com ele
Ainda em situações discutíveis
Seria só a namorada?
Pois ainda não tinham se casado

Elvis interessou-se pelo caratê
E fez desse esporte
Os movimentos e as performances
Que os fãs adoravam no palco ver

Deu um carro de presente
Para sua cozinheira
Ela pulou tanto de alegria
Que sua peruca veio ao chão

Elvis com seu senso de humor
Começou a peruca chutar
A empregada tentava pegá-la
E Elvis ria sem parar

Gostava de animais
Tinha um chipanzé de estimação
Seu nome era Scatter
Até para Hollywood o levou

Scatter, o chipanzé,
Aprendeu com a "Máfia de Memphis"
Algumas safadezas
E também a tomar cerveja

Adquiriu vários cachorros
Boy, Duke e Getlo
Eram os nomes deles
Os quais Elvis mimava

Encheu os jardins de pavões
E ficava horas em êxtase
Admirando a beleza
De suas lindas penas

Quando pequeno tinha um cãozinho
Que rolava no chão com ele a brincar
Deixava sua mãe furiosa
Porque iria se sujar

Deu a Priscilla
Um casal de cães dinamarquês
Além de gatos e papagaios
Que o ambiente alegravam

Comprou um avião
O novíssimo Learjet
Apesar de ter medo de voar
Teve que se acostumar

Tinha um novo esporte
Comprou um kart
Que ficava sempre pilotando
Pelo gramado de Graceland

Através do muro da mansão
Os fãs adoravam ver
Elvis em velocidade
Dirigindo seu novo brinquedo

Aconteceu um encontro secreto (1965)
Com a famosa banda The Beatles
Que veio até Los Angeles
Para cantar e tocar com o Rei

John Lennon era fã de Elvis
E sempre falava:
"Nada existia neste rítmo
Antes de Elvis Presley"

Os Beatles diziam:
"Que Elvis era a pessoa
Que queriam conhecer
Nos Estados Unidos"

Ele recebeu-os em sua mansão
E os Beatles ficaram boquiabertos
Examinando Elvis dos pés a cabeça
Aquele homem bonito e bronzeado

Surpresos não conseguiram cumprimentá-lo,
Até que Elvis quebrou o silêncio brincando:
"Se vocês não vão dizer nada
E ficarem me encarando, eu vou dormir"

Cantaram juntos a noite toda
Os grandes sucessos de Elvis
John Lennon ficou realizado
Com o encontro deles

Seu cabeleireiro particular
Incutiu em Elvis o esoterismo
E também o espiritismo
Induzindo-o a ler um monte de livros

Achava-se um predestinado
E que veio para salvar o mundo
Lia livros de numerologia
E fazia as combinações para todo mundo

Na numerologia
Seu número era oito
Tinha uma estante portátil
Que levava sempre consigo

Lia sobre religião, filosofia,
Psicologia e ocultismo
Mas sua leitura diária
Era a Bíblia e livros de numerologia

Quando lia sentia-se em paz
E quando gostava muito
De algum livro
Com ele presenteava os amigos

O lado espiritual o dominava
Lia e relia a Bíblia
Que sempre em sua
Mesa de cabeceira ficava

Onde quer que fosse
Carregava-a consigo
Tinha um retrato de Jesus Cristo
Dentro de sua carteira

Não era difícil
Encontrar Elvis
Rezando de joelhos
Em seu quarto

Declarou que queria
Ser um pregador para
Poder ajudar
Aos seus semelhantes

Outro livro que sempre
O acompanhava
Era "The Face of Jesus"
Em que se inspirava

Lia para Priscilla
Tudo que havia aprendido
Ela com atenção ouvia
E tentava entender

Às vezes cansada
De tanto ouvir Elvis ler
Queria ser amada por ele
Mas ele continuava a ler

Acreditava poder se comunicar
Com seu irmão Jessie
Que nem chegou a conhecer
E com sua mãe Gladys

Gostava também de Ioga
E se perguntava:
"Porque não era completamente feliz,
Se tinha tudo que sempre quis"

Tropeçou em um fio e caiu
Teve uma contusão na cabeça
O coronel atribui o incidente
Ao cabeleireiro e o despediu

Também fez Elvis queimar
Aquela pilha de livros
Os quais puseram em sua mente
O esoterismo e seus conceitos

O coronel não tinha simpatia
Com a "Máfia de Memphis"
Achava todos uns folgados
Que queriam roubar o seu lugar

Tom Parker chamava Elvis
De o "Artista do Mundo"
Cuidava bem dele
Era sua máquina de fazer dinheiro

Elvis, era um rapaz tímido,
Conservador e com profundo
Intelecto, adorava ler
E louvar ao Senhor

Adquiriu um novo hobby (1967)
A equitação
Comprou um cavalo para si
E outro para Priscilla

Seu cavalo favorito
Era o Rising Sun
Elvis cavalgava todo dia
E tinha por ele fixação

Todos que estavam ao seu redor
Iriam um cavalo ter
Não importava se gostavam ou não
Cavalgar tinham que aprender

Graceland tornou-se pequena
Onde colocar todos os animais?
Elvis adquiriu um rancho
E continuou a cavalgar

O rancho chamava-se
Circle G, o G de Graceland
Onde muitos cavalos
Poderia ter

Depois comprou um trailer
E mais quinze, um para cada amigo
Vestidos para cavalgada
Todos bonitos ficariam

Cavalgava por horas
O que o deixava extasiado
Montado em Rising Sun
Ficava deslumbrado

Levava tudo a extremos
Transformava sonhos em realidade
Mas depois
Perdia o interesse pelo desejado

Elvis sempre dizia
Que queria entreter as pessoas
Até seu último suspiro
E por toda sua vida

Sempre quis gravar músicas góspeis
Mas o coronel nunca deixou
Bancou o LP "His Hand In Mine"
Em homenagem à sua mãe gravou

Foi um enorme sucesso
E um trabalho do qual
Ele sempre se orgulhou
Uma interpretação com amor

Sua paixão pela música gospel
Cantou com um profundo amor a Deus
"How Great Thou Art"
O primeiro Grammy lhe rendeu

"He Touched Me"
Foi sucesso também
E as canções evangélicas
Já faziam parte da sua carreira

A música religiosa
Estava em sua alma
Em casa ou no palco
Não importava onde cantasse

Após os shows
Ele relaxava
Cantando com sua banda
Os hinos de louvor

Como aceitar o moço
Que rebolava e sacudia os quadris
E em controvérsia cantava a Deus
Com muita religiosidade

Aprofundava seus conhecimentos
Na parte espiritual
E tentava passá-los aos
Amigos e para Priscilla também

Comprou um anel de diamantes
E pediu Priscilla em casamento
Ela emocionada quase não acreditava
No que estava acontecendo

Ajoelhou-se diante dela
E colocou o anel no seu dedo
Finalmente aconteceu
O que ela tanto almejava

Em 1.º de maio de 1967
Com Priscilla se casou
A cidade foi Las Vegas
Onde o coronel determinou

Priscilla em seu vestido branco
Estava linda e radiante
Elvis sorridente demonstrou
Alegria em seu semblante

A cerimônia do casamento foi simples
Apesar da fortuna que Elvis possuía
Pois por ordem do coronel
Quase no anonimato se casaram

Dos amigos da "Máfia"
Nem todos foram convidados
Muitos não chegaram a tempo
E magoados ficaram

Agora Priscilla era
A senhora Presley
E Elvis a amou
Com ternura e paixão

A lua de mel em Palm Springs
Por motivos de filmagem
Foi interrompida e
Para Memphis retornaram

Fizeram uma grande festa
Na mansão em Graceland
Para os amigos que no casamento
Não puderam comparecer

Vestiram os mesmos trajes daquele dia
E com muita música e champanhe
Comemoraram novamente
O grande evento

Passavam os dias
Divididos entre Graceland
E no rancho
Morando num grande trailer

Priscilla adorava
Curtir e fazer tudo
Pelo seu lindo marido
Que ela só para si o queria

Elvis nesta época
Estava sempre de bom humor
Notava-se que
Realmente era um homem feliz

Com as palavras
"Você vai ser papai"
A gravidez confirmou
E Elvis emocionou-se

No Ano Novo
Priscilla estava de oito meses
Teve uma gestação tranquila
Dando a todos, muita alegria

Em 1.º de fevereiro de 1968
Nasceu a herdeira
Lisa Marie Presley
Fazendo Elvis feliz

Seu sorriso
Era de orelha a orelha
Abraçou a todos neste dia
E até no colo da avó deitou

Era um pai amoroso
E também dedicado
Pegava aquele pequeno ser
E embalava em seus braços

Pai devotado
Passava muito tempo com Lisa
Despertando assim
A criança que ainda nele vivia

O amor pela filha
Era exagerado
Comprava para ela
Desde pôneis até carrinho de golfe

Foi um dos períodos mais felizes
Entre ele e Priscilla
Onde curtiam aquele pequeno ser
Que alegrava suas vidas

Lisa era uma criança tranquila
Tinha bom humor
Quase nunca chorava
E a todos alegrava

Vernon adorava a sua única neta
E sempre estava por perto
Para com amor segurá-la
Ela era o centro das atenções

Quando Lisa tinha três meses
Foram para Califórnia
Pois Elvis atuaria
Novamente em Hollywood

Priscilla preferia morar na Califórnia
Mas para Elvis seu lar era Graceland
Não importava quantas casas tivesse
Era para lá que ele sempre retornava

Nesta época Graceland
Ficava solitária
Sem a presença do casal
Apenas a avó, seu pai e sua tia lá permaneciam

Tia Delta era irmã de Vernon
Como estava viúva
Elvis trouxe-a para morar consigo
Pois não queria deixá-la sozinha

Elvis era muito amoroso
Pretendia cuidar de todos
Apreciava vê-los felizes
E não conseguia viver sozinho

A época que mais gostava
Era do período natalino
Enfeitava toda Graceland
Com várias árvores de Natal

Colocava os presentes
Debaixo da árvore
E distribuía aos empregados
Envelopes contendo dólares

Permanecia em Graceland
Até seu aniversário
Que era oito de janeiro
E tinha que ser comemorado

Não gostava da Páscoa
E também do Dia das Mães
Dizia que por não ter mãe
O pai era tudo que lhe restara

Abraçava-o com ternura
E os dois acabavam chorando
De saudade de Gladys
Que já não estava entre eles

No 1.º aniversário de casamento
Ganhou de Priscilla
Um lindo piano
Todo folheado a ouro

Ela dedicava-se à filha
Elvis sempre viajando
E o relacionamento deles
Cada vez mais foi esfriando

Tentou conservar seu casamento
Foi para Beverly Hills ao encontro do marido
Redecorou a casa
E iniciou aulas de caratê

Começou libertar-se
Vivendo outra realidade
E da vida de Elvis
Aos poucos foi retirando-se

Depois da morte de Gladys
Vernon e Elvis
Tornaram-se inseparáveis
Onde o filho ia, o pai estava ao seu lado

Elvis já não sonhava
Ser um ator como James Dean
Não podia perder o mercado
E tinha que recomeçar o espetáculo

Com medo do declínio
Mesmo tendo uma fortuna
Fez um especial na TV
Para os fãs reviver

O Coronel preparou um grande especial
Que trouxe Elvis de volta
De forma triunfal
O nome era "68 Comeback Special" (1968)

Em trajes de couro preto
Elvis se apresentou
Cantando variadas músicas
E o mundo ao Rei do Rock se curvou

Ele estava no ápice
De sua estonteante beleza
Os cabelos negros brilhavam
E os olhos azuis ressaltavam

Dançava, rebolava e cantava
E a todos entretinha
Elvis parecia um deus grego
Ao qual até outros deuses se renderiam

Canções inéditas como
"If I Can Dream", cuja letra
Trata de ideais de uma vida
Melhor para todos nós

Depois deste especial
Elvis não queria mais filmar
Mas mesmo assim
Três filmes realizou

Novos sucessos surgiram
Uma música atrás da outra
Interpretações brilhantes
O Rei manteve a sua fama

Uma guinada radical em sua carreira
A volta dele aos palcos
E o local escolhido foi Las Vegas
Onde ele superaria os astros

Não poderia ser outro lugar
Las Vegas era o palco das atrações
Lá estaria Elvis
Cantando para as multidões

Inaugurou o salão (1969)
Do The International Hotel
O maior cassino da cidade
E nele o Rei do rock and roll

O impetuoso Coronel
Impossibilitado de sair do país
Vendeu Elvis a Las Vegas
Onde o mundo iria vê-lo

Depois de treze anos de ausência
Elvis teve que vencer o medo
Encarou a casa cheia
Onde duas mil pessoas esperavam por ele

Aceitou o desafio
E vagarosamente ao palco se dirigiu
Com os caracteres dos anos 50
Sob aplausos o Rei ressurgiu

Ele brincou com a multidão
Fazendo seus movimentos já conhecidos
E comentou em alto e bom tom:
"Não estamos um pouco velhos para isto?"

Estava na sua melhor forma
Como só ele poderia estar
O público ficou extasiado
Vendo-o em um show ao vivo

Com cachê de um milhão de dólares
Por um mês, no The International Hotel
E a platéia histérica ficava
Vendo o seu jogo de cintura

Os lugares em seus shows
Eram amplamente disputados
As fãs queriam um beijo
Do seu ídolo mais amado

Dois grandes sucessos
"In The Ghetto" e "Suspicious Minds"
Elvis voltou com tudo
Era a sensação do momento

Priscila vivia dividida
Entre Memphis e Las Vegas
Ia a vários shows
Ver o marido com a filha

Quando ia a Las Vegas
A muitos shows assistia
Um deles era de Tom Jones
Do qual Elvis fã se tornaria

Mas seu lar era Graceland
Onde a maior parte do tempo
Tinha que ficar
Proporcionando a Lisa um lar

A relação entre os dois
Estava desgastada
Tensões e discussões
Eram facilmente percebidas

Shows após shows
E Priscilla não aceitou
Sua ausência e as mentiras
Que ele ocasionalmente contava

Namoros com várias atrizes
Fora e dentro do palco
Fez Priscilla infeliz
Ela queria o homem e não o astro

Por excesso de trabalho
Ele afastou-se de Priscilla
A qual se sentiu abandonada
Pelo homem de sua vida

Solitária e infeliz
De alguma forma
Tinha que mudar a vida
Caratê também começou a praticar

Aprenderia esse esporte
Com o professor de Elvis
E aos poucos percebeu
Que não era a vida que queria ter

Envolveu-se com Mike Stone
O professor de caratê
Ele mostrou a ela o companheirismo
Que uma mulher deveria ter

Elvis sofria de glaucoma
Por causa das luzes do palco
Passou a usar óculos escuros
Marcando o seu novo estilo

Os óculos seriam usados
Para amenizar os efeitos das luzes
Que ao longo dos anos
Ofuscaram a sua visão

Pensou em fazer shows pelo mundo
Mas o coronel nunca deixou
Pois ele estava ilegal nos EUA
E impedia Elvis de sair do país

O coronel tinha medo
Que, se saísse da América,
Talvez não pudesse retornar
E não deixava Elvis viajar

Suas roupas delicadas e frágeis
Não aguentavam a inquietação no palco
E no meio de tantos movimentos
Rasgavam-se, deixando-o preocupado

Várias vezes saiu do palco
Para suas calças trocar
Não podia continuar assim
As roupas ele iria modificar

Viu num livro do século dezenove
Modelos de vestuários
Da era Victoriana
Que achou muito interessantes

Eram roupas únicas
Apesar de confortáveis
Bem sofisticadas
E assim nascia o estilo Elvis

Alguns tecidos vinham da Áustria
Eram fortes e flexíveis
Que davam liberdade
E tranquilidade aos seus movimentos

Tinha gola alta
Bem no estilo Napoleônico
Que o deixava elegante
E também pomposo

Começou a usar
Os famosos macacões
No começo eram brancos e simples
Mas depois começou os adornar

Vários bordados foram feitos
E cada macacão tinha um nome
Todos queriam ver
Com que roupa o Rei estaria

Suas novas roupas
Viraram belas atrações
Ele mais lindo ficava
Pois com Elvis tudo ornava

Eagle, Peacok, Tiger Man,
Gypsy e muitos mais
Bordados e nomeados
Para o público apreciar

Acompanhavam os macacões
Os belos cinturões
E para completar
Capas bordadas também

Nos shows distribuía
As suas echarpes
E junto com elas
O famoso beijo do Rei

Que visual maravilhoso
Ver aquele homem atuar
Com seu rosto magnífico
Dentro dos macacões a rebolar

Por exigência dos contratos
Fazia dois shows por noite
E tinha sempre que usar
A mesma fórmula e dar sequência

Apesar de estar em Las Vegas
Pelos EUA saiu a excursionar
Fazendo shows
Em quase todos os lugares

Mas sempre voltava a Graceland
Pois lá era o seu lar
Onde encontrava paz
Descansava para poder continuar

Tinha uma sala especial:
A "Jungle Room"
Era no estilo havaiano
E tornou-se a sua favorita

A mobília era exótica
Vernon já tinha visto e criticado
Elvis foi até a loja
E comprou todo o estoque

Um dos seus carros favoritos
Era preto
De marca Dino Ferrari ano 1971
Do qual Elvis se orgulhava

Deu de presente um ônibus
Para J. D. Summer
Com uma única condição
Ele seria o primeiro a dirigir

Summer estacionou o veículo
Na porta de Graceland
E Elvis saiu dirigindo
Em alta velocidade

J. D. Summer pensou
Lá se vai o meu presente
Mas depois lembrou que Elvis
Era um exímio motorista

Pois até caminhão
Já havia dirigido
Elvis voltou com o ônibus
E Summer respirou aliviado

Armas de fogo tinha coleção
E dava de presente a todos
Até mesmo para mulheres
Não fazia distinção

Aborrecido cada vez mais
Tornou-se dependente
De drogas prescritas
Para controlar o seu humor

Elvis não se considerava um dependente
Para ele viciado era quem usava
Cocaína, heroína e outras
Drogas "recreativas"

Gastava dinheiro a cântaros
Comprou 10 carros Mercedes
E os deu de presente
Como fossem meras bicicletas

Vernon chamou-lhe a atenção
Por gastar muito dinheiro
Discutiu com o pai e saiu sem destino
E em Washington foi parar

Viajou sozinho (1970)
Pela primeira vez em sua vida
O destino era a Casa Branca
Onde o Rei conheceria o presidente

Presidente é só um cargo
Mas o rei é titular
Elvis era o Rei de Vegas
E Nixon aceitou recebê-lo

Era obcecado por distintivos
E no encontro com o presidente
Nixon presenteou-o com a
Insígnia de Agente Federal

Ele disse a Nixon
Que estava preocupado
Com a juventude americana
A cada dia mais envolvida com drogas

Foi um encontro amigável
Elvis chamou atenção
Com suas roupas extravagantes
Sentindo-se como estivesse em seu show

Recebeu do presidente também
Um par de abotoaduras
E em retribuição
Deu a Nixon um revólver Colt 45

Agora estava realizado
Colecionava distintivos policiais
Como se fossem meras figurinhas
Tinha mais de trinta em sua carteira

Ele sentia-se um agente da lei
Um agente federal
De narcóticos e drogas
Era agora o agente mais importante

Qual seria a sua verdadeira intenção
O encontro com Nixon causou conturbação
O que queria Elvis da Casa Branca?
E a imprensa não perdoou

Em plena guerra do Vietnã
Elvis conversou com Nixon
Um presidente Republicano
Afinal, o que seria isso?

Elvis nunca esqueceu esse encontro
Várias fotos foram tiradas
Nixon e Elvis num aperto de mãos
No Salão Oval da Casa Branca

Esteve com Nixon
Que era Republicano
E alguns anos mais tarde
Com Carter que era Democrata

Conversou com os dois
Famosos presidentes
Mas nunca disse
Em que partido votava

Neste mesmo ano visitou o FBI
Para conhecer as complexas dependências
E todo aparato técnico
Afinal, agora ele era um "agente federal"

Foi recebido com muito entusiasmo
Pois os agentes tinham respeito por ele
Ele era a prova viva que,
Estava preocupado com o seu país

Novos discos foram lançados
Um deles com "You'll Never Walk Alone"
A música gospel fluía na alma
Daquele cantor religioso

Veio a todo vapor (1970)
O grande documentário
"Elvis, That's The Way It Is"
Onde foi retratado como artista

Lançou um novo LP (1971)
Com uma música country
"I Was Born About Ten Thousand Years Ago"
Que muito bem interpretou

Roupas inesquecíveis

As Artes marciais encantava Elvis,
e ele como Priscilla
praticavam Karatê

A EDUMENTÁRIA EXÓTICA ERA UMA MARCA
REGISTRADA NOS SHOWS DO MESTRE

As grandes atuações

"Suspicious Minds" virou atração
Onde ele colocava todos os golpes
De caratê e ao som da música "Tiger Man"
Dançava como um selvagem

"You've Lost That Loving Feeling"
Começava cantar sempre de costas para o público
Certa vez colocou uma máscara de gorila
E, quando se virou, a multidão caiu em risos

Os "The Stamps Quartet" vieram cantar com Elvis
Ele continuava a distribuir
As famosas echarpes
E usar as suntuosas capas

Na música "Teddy Bear"
Em atuação bem original
Jogava ursinhos de pelúcia
Para a irrequieta platéia

A casa onde nasceu
Foi tombada como
Patrimônio histórico
E aberta à visitação

Hoje ela é bem diferente
Da época em que Elvis nasceu
Foi reformada e mobiliada
Sendo muito visitada

Foi eleito um dos
Sete jovens do ano
"O orgulho da América"
E um discurso formulou:

"Quando eu lia um gibi, eu era o herói
Quando eu via um filme, eu era o herói
Cada sonho que eu tive
Realizou-se centenas de vezes"

"Aprendi, desde cedo na vida,
Que sem uma canção
O dia não termina
E é por isso que continuo cantando"

Lançado o documentário
"Elvis On Tour"
Que ganhou o prêmio
Melhor do Ano (1972)

"Burning Love" fez sucesso
Introduziu nos shows
O grande tema de 2001
Ou "Also Sprach Zarathustra"

Vários artistas
Vinham assistir aos seus shows
Que intencionalmente
Ou inconscientemente tinham copiado

Foi ameaçado de morte
Queriam matá-lo no palco
O FBI foi chamado
Mas o show não foi cancelado

No meio da orquestra
Estavam vários agentes do FBI
Fingindo serem músicos
Para um possível atentado impedir

Elvis preferia morrer no palco
Do que deitado na cama
Mas não queria ninguém dizendo:
"Eu matei Elvis Presley"

Vernon pediu-lhe para cancelar
O show, porém ele não concordou
Disse que se cedesse uma vez
Teria que ceder sempre

Colocou em sua bota
Uma arma de fogo
E seguro de si
Ao palco se dirigiu

No meio do famigerado show
Alguém chamou seu nome
Elvis pensou: "É agora!"
Mas era apenas um pedido de fã

Atendeu ao pedido
A música "Don't Be Cruel"
E respirou aliviado
Por não ter sido assassinado

Recebeu uma bela homenagem
A avenida onde morava,
A Highway 51, foi renomeada como
Elvis Presley Boulevard

Elvis foi convidado a cantar
Para Nixon na Casa Branca
O Coronel pediu um cachê absurdo
E os assessores contestaram

Ninguém recebia
Para cantar para o presidente
E o esperto coronel respondeu:
"O meu menino não canta de graça para ninguém"

Não cantava sem ganhar
Nem para majestades ou presidentes
A rainha também queria ouvi-lo
Mas o cachê era abusivo

O Coronel pedia fortunas
Para Elvis cantar fora do país
Era tão exorbitante
Que todos acabavam desistindo

Artistas vinham visitar Elvis
Mas ele não podia retribuir
O coronel vivia ilegal nos EUA
E não deixava Elvis sair do país

Recebia milhares de dólares por semana (1973)
Livre de todas as despesas
Nenhum outro artista na época
Ganhava essa importância

Estourou nas paradas
Com a música "My Boy"
Sua voz estava madura
E já não fazia tantas performances

Elvis e Priscilla viviam mal
Ela não aguentava mais,
Além de infiel
Ele trocava a noite pelo dia

Quase nunca tiveram momentos a sós
Elvis era rodeado de seguranças
E também dos amigos da "Máfia"
Pois não sabia viver sozinho

Os amigos tiravam vantagens
Ele era comparado
A um rei e sua corte
Recebiam presentes aos montes

Desde dinheiro,
Carros, jóias e até revólveres
Pois eram amigos do rei
E tinham muita sorte

Priscilla queria o Rei
E também o seu castelo
Almejava ter privacidade
E viver em liberdade

Tomou uma decisão
Queria outra vida viver
Ao lado de Mike Stone
Isso iria acontecer

Foi até Las Vegas
Anunciou que o estava deixando
Ele ficou furioso, mas
Ainda tentou fazer amor com ela

Ela pediu o divórcio
E também a guarda da filha
Ele ficou apenas com o direito
De ilimitadas visitas a Lisa

Conversou com sua avó
A qual chamava de Dodge
Falou que estava separado de Priscilla
E ela disse-lhe que não seria para sempre

Em 1973 divorciou-se de Priscilla
Entrou numa decadência
Da qual ele sabia
Que jamais sairia

Ela chocou-se ao ver o ex-marido
Pois não se viam há algum tempo
Ele estava diferente
E também amargurado

Saiu do Tribunal
De mãos dadas com Priscilla
Sem rancor, pois sabia que
Ela era a única mulher em sua vida

A imprensa não descansou
E não deu sossego ao Rei
Anunciaram: "Priscilla abandonou Elvis"
E muito mal ele ficou

Ela exigiu uma pensão
Elvis não contestou
Dizendo:
"Tudo que Priscilla pedir eu dou"

Precisava dela
Como do ar que respirava
Teve tudo que queria
E agora não tinha mais nada

Priscilla, sua querida Cilla,
Para Los Angeles mudou
E ao lado de Mike Stone
Por algum tempo se estabilizou

Além de levar Lisa
Levou também os cachorros
Que Elvis lhe deu
De presente

Tentativas e mais tentativas
Querendo a reconciliação
Não se conformou com a perda
E "Always On My Mind" lançou

Esta belíssima música
Ele cantou com amor
Fazendo uma declaração
A Priscilla que nunca saiu da sua mente

A partida dela
Deixou-o triste e revoltado
Primeiro perdeu a mãe
E Cilla não estava mais ao seu lado

Falava mais com ela agora
Do que quando estavam casados
Ela manteve-se firme
E seu arrependimento não adiantou

Depois dos términos dos shows
Ele quase sempre ia vê-la
Conversavam horas a fio
Mas a decisão sempre era a mesma

Ainda havia amor entre os dois
Mas a convivência
Tornou-se impossível
E viverem juntos não fazia mais sentido

Ele tinha ataques de raiva
E queria matar Mike Stone
O homem que conquistou Priscilla
A mulher de seus sonhos

Depois do divórcio
Seu comportamento mudou
Ficava lendo a Bíblia
E assistia TV em seu quarto

Pedia à cozinheira
Para lhe fazer companhia
E assistir o programa junto com ele
Ela ficava na dúvida se deveria

Queria voltar para a cozinha
Mas Elvis retrucava:
"Eu pago seu ordenado
Então sente-se e assista comigo"

Às vezes solitário
Cantarolava os góspeis
E tocava o órgão
Que tinha no estúdio

Sua suíte ficava cheia
De pedaços de madeira
Que partia com a mão
Em golpes de caratê

Seus problemas aumentaram
Depois da separação
Notou-se um declínio físico
Que veio acelerado

Tentou recompor-se
Saiu em turnê
No Madison Square Garden
Triunfalmente se apresentou

Grandes lançamentos
Como "An America Trilogy"
"Sylvia" e "Burning Love"
Tentou reerguer-se

Quando resfriado ou doente ficava
O que ele dizia odiar
Era difícil mantê-lo na cama
Quieto não conseguia ficar

Começou ter problemas
Sério com as amígdalas
E chegou a anular alguns shows
Mas se recuperou logo depois

Musicalmente ele estava completo
Sua voz cada dia melhor
Tornando-se mais forte
Ele cantava e encantava

Atuava melhor
Quando estava sob pressão
E desta maneira
Não tinha quem o vencesse

Elvis queria cantar músicas
Que mostrassem a sua voz
Era o caso de "My Way"
Uma de suas preferidas

Ele conseguia manter
A última nota da música
E começar a próxima
No mesmo tom

Era um cantor natural
Onde tudo fluía normal
Fazia parte dele
Nada era superficial

Uma de suas diversões
Era abrir o cinema depois da meia noite
Para farrear com a "Máfia de Memphis"
Onde conheceu a famosa Linda

Tinha uma nova namorada (1973)
E Linda estava feliz
Pois era impossível resistir
Um homem lindo e viril

Já estava com 38 anos
E comemorou com Linda,
A Miss Tennessee,
Que a ele conquistou

Apresentou Linda
Com muito orgulho
Dizendo: "Esta é a garota
Que Deus mandou para mim"

Tinha grande senso de humor
Entrou no palco com um macaco de pelúcia
Preso à suas costas e
Ele montado em seu guarda-costas

Dizendo: "Senhoras e senhores
Apreciadores de animais
Vou cantar e tentar tirar
Esse bicho das minhas costas"

Recebia um cachê
Milionário toda semana
Como nenhum artista da época
E a imprensa o massacrava

Havaí um lugar paradisíaco
Onde em férias ele desfrutava
E foi lá o 1.º Show via satélite para mundo
Que o "Rei de Vegas" se apresentou

Este era o Elvis dos anos 70
Das belas baladas cantadas
E dos grandes shows, o principal foi
"Aloha From Hawaii" onde ele se superou

Trajando seu belo macacão
" Aloha Eagle", branco e brilhante
Ele estava deslumbrante
Onde o seu brilho era contagiante

Seu macacão bordado
Com pedras preciosas
Pesava quase 14 quilos
E Elvis adornado em joias

"Aloha From Hawaii" (1973)
Um show beneficente
Onde com 1.000 dólares
Elvis pagou seu próprio ingresso

Entrou no palco
Com o Tema de 2001
Jogou o cinto e a capa ao público
Era o maior artista do mundo

Interpretou "My Way"
Uma canção especial
Para Elvis que
Envolvia todo o seu ser

Terminou o show com
"Can't Help Falling In Love"
Música com a qual
Encerrava todos os shows

Foi o concerto de sua vida
Onde ele se apresentou
Na sua mais notável forma
E o mundo o reverenciou

Visto por um bilhão de pessoas
Ao ápice chegou
Mas aí começou a decadência
Da qual não mais se recuperou

Ganhou peso rapidamente
Fortes gripes o acometeram
Causando-lhe rouquidão
E cancelou vários shows

Apesar de estar no ápice
Não mostrava muita alegria
No fundo sentia a ausência
De Cilla, sua Priscilla

Priscilla iniciou carreira artística
Participou do seriado "Dallas"
E também do filme " The Naked Gun"
Tornando-se cada vez mais popular

No quinto aniversário de Lisa
Ela foi a Las Vegas ver o pai
Abraçou Elvis e disse:
"Venha morar de novo conosco"

Elvis deu-lhe um abraço
E deprimido ficou a pensar
Quem dele roubou a esposa e a filha
Ele não podia mais tolerar

Priscilla queria dar um tempo
Pediu que ele parasse de ver a filha
Ele explodiu em fúria
Pensava que a ideia era de Mike Stone

Ela estava cada vez mais linda
Agora usava roupas elegantes
Sem aquela maquiagem pesada
Que era por Elvis apreciada

Elvis tinha momentos de raiva
Mas depois queria a reconciliação
Não se conformava de ter sido traído
Pelo seu instrutor de caratê

Às vezes fumava charuto
E de vez em quando algum cigarro
Mas tinha a intenção de parar
E uma promessa fez:

"Eu prometo
Parar de fumar,
Ser bom pai para Lisa
Agradecer a todos que me envolvem,

Os que me ajudam a cantar,
Não ter mágoa de Mike e Priscilla
Ser grato ao coronel,
Ao Dr. Nick e a Dee também"

Fazia shows só à tarde
Cancelou os da noite
Por motivo de doença
Estava a cada dia mais vulnerável

Num de seus shows
Três fãs invadiram o palco
Um deles tentou subir
Elvis quase deu-lhe um golpe certeiro

Em sua mente ele achava
Que eram todos contratados
Pelo odioso Mike Stone
Seu ex-professor de caratê

Entrou em depressão
Começou comer em excesso
Tomava comprimidos para emagrecer
Deixando-o completamente exausto

Gostava de hambúrgueres
E também de frango frito
Biscoitos fritos na manteiga
Salsichas e carne de porco

Outras vezes não comia nada de dia
Mas à noite compensava em dobro
A alimentação era pesada
E começou a ganhar peso

Sofria de várias doenças
Mas não dispunha de tempo
Para se recuperar
Saía do hospital e voltava atuar

Nunca esqueceu sua origem pobre
Continuou fazendo caridades
Fez doações para várias entidades
Como o "Lar das Crianças" e outras mais

Passou o Natal de 1973
Deprimido em seu quarto
Onde ansioso comeu muito
Aumentando o seu peso

O coronel cada vez mais endividado
Vendeu os direitos das gravações
Pois precisava saldar suas dívidas
Exigindo mais atuações de Elvis

Linda era atenciosa e leal
Sabia que com ela podia contar
E os mais íntimos sentimentos
A ela podia revelar

Cuidava dele com carinho
Sempre preocupada quando Elvis dormia
Ficava atenta se ele estava respirando
Pois às vezes adormecia enquanto comia

Se ele estava acordado
Ela não conseguia dormir
Se estivesse dormindo
Então ela dormia também

Priscilla assistia aos seus shows
E Elvis inconformado
Cantou "It's Midnight"
Especialmente para ela

O astuto Coronel (1974)
Negociou novamente com o Hilton Hotel
Conseguindo com que Elvis trabalhasse menos
E continuasse ganhando o mesmo

Seu cozinheiro preferido
Foi despedido
E Elvis não se conformou
Falou mal do hotel em seu show

O coronel ficou furioso
Discutiu chamando-lhe à atenção
Elvis não admitiu e enfurecido
Despediu o astuto empresário

Vernon vibrou com a notícia
Mas depois teve que voltar atrás
Quando o Coronel mostrou os milhões
Que Elvis deveria lhe pagar

Teve a chance de atuar num filme (1975)
Com a famosa Barbra Streisand
Em "Star Is Born"
Mas foi impedido pelo Coronel

Elvis teria que ser o protagonista
Mas a estrela era Barbra
O Coronel não permitiu
E o Rei do rock and roll não atuou

Talvez neste filme
Pudesse mostrar todo o seu talento
E tornar-se um grande ator
Como ele sempre desejou

Elvis fez 40 anos
E traumatizado ficou
Falava que não era mais um garoto
E todos tentavam consolá-lo

Pesava mais de 100 quilos
Estava inchado e também cansado
Seu corpo não correspondia
Cada dia mais pesado

Voltou ao hospital
Para uma total desintoxicação
Por causa de alimentos gordurosos
Teve o cólon paralisado

Linda ficou no hospital
Sempre ao seu lado
Mesmo estando doente
Não seguia o regime à risca

Pediu à sua cozinheira
Alguns sanduíches
Ela os levou ao hospital
Escondido em seu casaco

Enquanto Elvis permaneceu internado
Vernon sofreu um ataque cardíaco
Foi para o mesmo local
Onde estava seu filho

Elvis recuperou-se e comprou um belo avião (1975)
O qual batizou de "Lisa Marie"
Em homenagem a sua filha
E sempre nos céus a subir

O avião foi todo decorado
Com o apoio de Priscilla
Ficou um luxo e tinha que estar
Sempre pronto para decolar

Deslumbrante
O famoso "Lisa Marie"
Até a cuba da pia do banheiro
Era inteira de ouro

Suntuosidade e conforto
E um quarto particular
Onde Elvis repousava
Enquanto estava voando

No seu primeiro vôo
Passou muito mal
Não conseguia respirar
E no Texas teve que aterrissar

Com sua saúde debilitada
Deitava a maior parte do tempo
Enquanto esperava a decolagem
Cantava os góspeis inteiros

Para satisfazer os amigos da "Máfia"
Que queriam sanduíche de banana comer
Eram feitos bem longe em Denver
E Elvis ao pedido atendeu

O avião decolou levando os tripulantes
A muitas milhas de distância
Elvis contente disse:
"Se querem sanduíches então vamos comer"

Esses sanduíches saíram caros
Nada menos que milhares de dólares
Mas para Elvis não importava o dinheiro
E sim a alegria de seus rapazes

Foi novamente internado
Com vários problemas
Inclusive no fígado
Mas sem tempo para se tratar

Seu peso estava alterado
E mesmo hospitalizado
Os amigos levavam escondido
Seus hambúrgueres e batatas fritas

Continuava tomando pílulas
E cada dia mais
Tudo com prescrição do seu médico
O famoso Dr. Nick

Tomava vários comprimidos de vitamina
Cada um de uma cor
E se achava o máximo
Por conseguir engolir todos de uma só vez

Não adiantava intervir
Pois ele sempre dizia
Que tudo estava sob controle
Mesmo estando em extrema fadiga

Houve também uma suspeita
De câncer nos ossos
O que talvez explique
A quantidade de remédios que ingeria

Perdeu seu referencial
Consumia cada vez mais medicamentos
Tornou-se um solitário
Ficando mais deprimido

Elton John foi ao show de Elvis (1975)
Tirou uma foto
Com Lisa Marie
Sua pequena admiradora

Em um dos shows de Elvis
Uma fã na platéia ergueu a Bíblia
E disse que queria rezar por ele
Em silêncio ele atendeu o pedido

Algumas vezes interrompia o show
E orava em público
Para algum amigo
Que estivesse necessitado

Num show em Norfolk
Ele estava jogando as echarpes
Quando uma pequena garota
Parou no lado esquerdo do palco

O barulho era imenso
Elvis ajoelhou-se diante dela
Pegou suas mãos e abraçou-a fortemente
Colocando uma echarpe em seu pescoço

Ela era cega
Gostava de Elvis e sua música
Ficou parada no palco
Não teve medo dos gritos da multidão

Sempre brincalhão
Arrumou uma pistola d'água
Com ela molhava seus músicos
Durante o show

Um desses músicos
Pegou outra pistola d'água
E descarregou em Elvis
Ficando todo molhado

Em um dos seus shows
Ganhou um dragão de pelúcia
Brincou com ele fazendo parecer
Que cantavam em dupla

Chacoalhava a perna esquerda
A qual não parava de dançar
E brincando falava:
"É pena que o corpo não acompanhe mais"

A América comemorou o Bicentenário
E ele como bom patriota
Cantou "America The Beautiful"
Em homenagem ao seu país

Na época do Natal
Ingressos se esgotavam
Discos com canções natalinas
Vendiam em grandes quantidades

Caiu no banheiro
E torceu o tornozelo
Que comprometeu
Suas performances no palco

Sentava numa banqueta
Durante os shows
Pois o cansaço e a dor
Elvis não suportava

Linda Thompson a nova garota
Que com ele convivia e o entendia
Mas sempre preocupada com suas manias
E agora eram armas que ele queria

Desde pequeno
Tinha fascínio por armamentos
Fazia mira e atirava
Nas lâmpadas do quarto do hotel

E seus guarda-costas mantinham
As armas longe dos seus olhos
Pois sempre amedrontados
Que pudesse acontecer algo errado

Atirava também nas TVs
Quando do programa
Não gostava
Era o jeito dele desligá-las

Tinha uma vasta coleção de armas
E sem querer um dia atirou
A bala passou de raspão
E quase atingiu Linda

Ela ficou apavorada
E chegou a ficar fora de si
Mas Elvis calmo e sereno
Como se nada tivesse acontecido ali

Seu alvo era o abajur
Mas errou a mira
E a bala foi parar
No banheiro de Linda

Linda cansada de tentar entendê-lo
Resolveu o romance romper
Mas Elvis no meio de tantas mulheres
Não deu importância a seu bem querer

Deixou-o em 1976
Ela foi amiga,
Amante e confidente
Elvis não a soube compreender

Saiu da vida dele
Financeiramente bem
Ganhou casa, joias e carros
Sua dedicação custou caro a ele

Depois da separação de Linda
Pediu para Priscilla voltar
E mais uma vez
Ela iria negar

Fez regime e emagreceu
Vestiu novamente seus macacões
E a música "Hurt"
Era o sucesso da época

Os shows já não eram os mesmos
Elvis esquecia as letras
Às vezes só murmurava
Pois quase não se lembrava

Gastava muito dinheiro
Em joias, presentes
E doava carros
Às pessoas com quem não convivia

Vernon chamou-lhe a atenção
Mas ele não se importava
Dizia que era só sair para cantar
E ganharia outra vez um milhão

Falava também:
"De que vale a fortuna
Se eu não puder
Com meus amigos repartir"

Comentava que o dinheiro era dele
E gastaria como quisesse
Não tinha que dar
Satisfação a ninguém

Recebeu a faixa preta
O oitavo grau do caratê
Mesmo sem condição física
Tinha a ilusão de campeão ser

Tomava remédios e mais remédios
Antidepressivos, barbitúricos
Controladores de pressão
Aumentando sua obesidade

Tinha dores nas costas
Problemas digestivos também
A visão já não era a mesma
E os medicamentos não resolviam

Ficou alguns dias internado
No Baptista Memorial Hospital
Para uma desintoxicação total
E cuidou dos quilos a mais

Almejava ainda
Viver no cinema
O papel de Rodolfo Valentino
Que era seu grande ídolo

Elvis era dócil, romântico,
Caridoso e carismático
Às vezes queria ser vingativo
E também supersticioso

Dinheiro gastava a cântaros
Muitos Cadillacs comprou
Todos para dar de presente
Não importava para quem

Deu um destes para
Uma simpática senhora
Que nunca a tinha visto
Com alegria ela recebeu

Aquele lindo presente
Vindo da mão do Rei
Provavelmente
Ela nunca o esqueceu

Torrava dinheiro sem pensar
Pois dizia que: "Na vida
A gente não volta para dar bis"
E não adiantava Vernon reclamar

"Ah, é só dinheiro", ele dizia:
"O dinheiro é meu,
Quero ver as pessoas felizes
E faço dele o que eu quiser"

Criou o emblema "TCB"
"Take Care of Business"
Fazia toda a sua equipe usar
Era o lema que ele redigiu

Mas de negócios nada entendia
Assinava papéis sem ler
Dava joias caríssimas ao público
Agradecendo a acolhida

Num show deu um anel
De valor altíssimo
Para uma velhinha na primeira fila
Só porque lembrava sua avó Minnie

Carregava consigo
Uma caixa repleta de joias
Para presentear as pessoas
Mesmo sem conhecê-las

Este homem ainda "menino"
Que adorava ouro e brilhantes
Tinha um cordão com uma cruz de malta
E anéis cravejados de diamantes

Disse um dia a Vernon:
"Cheguei tão alto,
Mas não consigo alcançar
Essa tal felicidade"

"Sinto-me um farrapo.
A vida me deu tudo e tudo me tirou
Eu era bonito, sensual e amado
Hoje só tenho sucesso e dinheiro"

"Sou apenas um ser humano
Que, quando se corta, também sangra"
Era difícil separar a imagem
Do ídolo e de homem

Queria perder peso
E voltar a boa forma física
Tentaria novamente
Reconquistar Priscilla

Tomava remédios para emagrecer
Dos quais usava com abuso
Tornando-o cada vez mais dependente
Fazendo dele um viciado

Mas comia a qualquer hora
Para saciar os ataques de fome
Em seu quarto tinha uma geladeira
Cheia de guloseimas

Consumia por dia
Aproximadamente 10 mil calorias
Ingeria em excesso
Ganhando peso a cada dia

Sofria de dores musculares
Em consequência de tensão
Era tenso, muito tenso
Fez até hipnose para relaxar

Vernon e Dee divorciaram-se
Pois ela dizia que ele
A tratava como uma boneca
E não como uma mulher

Elvis arrumou uma nova namorada,
Ginger, bonita e elegante
Feliz novamente
Deu-lhe anel de diamante

Dezenove anos mais nova que Elvis
E ele pretendia no Natal,
Com sua nova Miss Tennessee
Casar-se novamente

Parecia com Priscilla
Ele empolgou-se com sua beleza
Talvez em sua mente
Viesse a substituí-la

Gastava uma fortuna com ela
Deu-lhe joias, casacos de pele
E também presentes para toda
A família de sua jovem namorada

Tirou férias e como sempre
O Havaí era o melhor lugar para ele ir
Onde descansaria
Sem sair do país

Havaí era seu lugar preferido
Onde passava todas as férias
Bem longe dos palcos
Lugar em que o Rei podia repousar

Já não saía de casa para gravar
Um estúdio em Graceland
Foi montado para ele
Na sua sala "Jungle Room"

Ignorava o mundo lá fora
Que o idolatrava
Mas a crítica severa
Não lhe dava folga

A imprensa não o perdoou
Dizia que ele estava
Fora de forma e gordo
Que sussurrava e não cantava

Suas apresentações eram raras
Internações após internações
Desgastado física e emocionalmente
Era a imagem de um homem amargurado

Sentia-se só
Não tinha mais Priscilla
E os amigos da "Máfia"
Já não lhe faziam companhia

Sua solidão era refletida
Nas canções como "It's Over"
Ou "Bridge Over Troubled Water"
Que nesta época demonstrou

Cada dia mais obeso
Dependente de remédios
Sua forma física mudou
E bem inchado ele ficou

Suas roupas não serviam mais
Principalmente os belos
Macacões bordados
Que no palco reluziam para as multidões

Shows e mais shows
Ele estava cansado
Mas tinha que cumprir
Todos os contratos

Passava mal nos palcos
Se expressava em baixo tom de voz
Só cantava algumas músicas
E saía sem terminar o espetáculo

Na cidade de Baltimore
Chegou a desmaiar durante uma apresentação
Notava-se o processo acelerado
De sua decadência física

Não era o Elvis do rebolado
E dos golpes de caratê,
Substituído em cena por um leve
Sacudir de quadris

Já não tinha forças
Para se apresentar ao vivo
Em consequência disso
Seus shows duravam 40 minutos

Todos diziam
Que ele já não era o mesmo
Mas seus fiéis assistentes
Escondiam a realidade dele

Nervoso e deprimido
Por causa do lançamento
Do livro que foi escrito
Pelos seus ex-guarda-costas

Foram despedidos por Vernon
E resolveram um livro lançar
Difamando Elvis ou talvez
Mostrando a sua triste realidade

"Elvis, What Happened?"
Era o título do livro
Que perturbou Elvis
Até os seus últimos instantes

A obra tratava
Da alteração de seu humor,
Do relacionamento com as mulheres
E o uso excessivo de medicamentos

Elvis não podia conviver
Com tais acusações
E não conseguiu impedir
O lançamento do livro

Essa tortura o acompanhou
Noite e dia e ele não conseguia entender
Porque aqueles rapazes que ele amava
Por vingança resolveram lhe ofender

Eram amigos desde a época da escola
Como de repente puderam se tornar inimigos
Prejudicando a imagem
Do Rei que era adorado pelo mundo

Elvis era um bom patriota
Com todas as tradições do sul
Como um pequeno livro
Poderia destruí-lo?

Tomava pílulas para dormir
Laxante para ir ao banheiro
E outros medicamentos
Usava em excesso

Seu corpo já não funcionava
Era uma farmácia ambulante
Quase não controlava
As suas reações

Remédios para o estômago
Para as dores aliviar
E também produtos
Para não transpirar

Consumia tudo que encontrava
E até mesmo morfina
Não tinha mais controle de nada
A vida tornara-se vazia

A distância do seu quarto no hotel
Em direção ao luxuoso camarim
Para Elvis era uma longa jornada
E carrinho elétrico às vezes tinha que usar

Cercado pelos seguranças
E o seu fiel camareiro
Que sempre o ajudava a se vestir
Até penteava-lhe os cabelos

Colocavam-lhe as echarpes no pescoço
Que seriam dadas aos fãs
Avisando-o também que
Havia mais a serem distribuídas

O astuto coronel
Sempre no camarim a esperá-lo
Dizia a ele das grandes celebridades
Que vieram lhe prestigiar

Sempre alerta, com medo ficava
Que alguma coisa errada
Pudesse acontecer
Prevenir era melhor do que remediar

Elvis redigiu seu testamento (1977)
Os beneficiários eram
Seu pai Vernon, sua avó Minnie
E a sua adorada filha Lisa

Mesmo em estado crítico
A música gospel
Fazia parte de sua vida
Encontrava nela a paz e a alegria

Saiu de férias
E novamente foi ao Havaí
Não imaginou
Que nunca mais ali voltaria

Elvis chorou em Las Vegas
Enquanto um pastor orou por ele
Talvez previsse
Que seu fim estava próximo

Seu último show foi em Indianapolis
E "Unchained Melody" cantou
Acompanhou-se ao piano
Na melodia sua alma colocou

O suor corria pelo seu rosto
Estava transfigurado
Não era o mesmo Elvis
Que o público se acostumara

Deu tudo de si
Mas ninguém imaginou
Que a morte estava tão perto
E seria o seu último show

Ginger lembrava Priscilla
Seu pai também era do exército
Todas essas características
Trazia de volta o seu passado

Apresentou Ginger ao público
Como a sua nova namorada
E também Vernon, seu pai,
Que ao palco fez subir

Não era seu costume
Fazer tais apresentações
Mas ele não sabia que seria
A primeira e última vez

Tentou fazer performances
Mas quase não conseguiu
Pois já não era o Elvis
Que rebolava os quadris

A realidade era dura
Pressão e responsabilidade
As horas foram longas
E Elvis estava exausto

Saiu do palco amparado
Por Joe Esposito, seu braço direito,
Foi visível o cansaço
Que ele demonstrou

Sempre ao término dos shows
O locutor anunciava
Que Elvis saía do edifício
E assim o show concluía-se

Apesar da decadência
Ele era parte da história
Do rock and roll
Onde o estilo musical mudou

Seu médico, Dr. Nick
Em um ano havia prescrito
Muitos narcóticos e anfetaminas
Os quais Elvis consumia

Outra vez internou-se no hospital
Lisa e Priscilla vieram vê-lo
Mas logo foi liberado
E começou tudo outra vez

Apesar de divorciado
Ele sempre nela se apoiava
Pedia sempre sua opinião
E precisava da filha a seu lado

Não queria que Lisa ouvisse
Os maldosos comentários
Daquele fatídico livro
Queria-a em Graceland

Resolveu levantar a cabeça
Continuar apesar dos comentários
Tentou iniciar nova dieta
Para ficar em forma

Iria começar uma nova turnê
Para desfazer a impressão
Que o famigerado livro criou
Dizia estar doente e não dopado

Era 15 de agosto de 1977
Às duas horas da tarde
Elvis estava em seu quarto
Jogando com a bela Ginger

A TV geralmente ficava ligada
Menos naquela tarde
Ele disse que a tinha desligado
Por não estar sentindo-se bem

À noite pensando em se distrair
Mandou fechar o cinema local
Mas o projetista faltou
E Elvis seus planos mudou

Resolveu então ir ao dentista
Para tratar de seus dentes
E manter um sorriso
Que para ele tinha que ser perfeito

Chegou em casa depois da meia noite
No portão de Graceland
Encontrou vários fãs
Um deles sua última foto tirou

Era uma noite quente de verão
Tentou esquecer o importuno livro
E neste dia 16 de agosto
Jogou raquetebol com Ginger

Conversaram a respeito do casamento
Queriam casar numa igreja
De forma piramidal
Com importantes convidados

Pensavam em anunciar o matrimônio
Num show em agosto
E convidar altas patentes
Como prefeitos e governadores

Era uma forma de se recompor
Dos malfadados comentários
E mostraria a todos
Que ele ainda era o melhor

Mas logo ficou cansado
Sentou ao piano e tocou
"Blue Eyes Crying In The Rain"
A última música tocada pelo Rei

Já era de manhã
Elvis não conseguiu adormecer
Estava em jejum
Tentando uma dieta fazer

Para se viver com Elvis
Tinha que trocar a noite pelo dia
Significava viver sem saber se
Era noite ou ainda dia

Vários remédios tomou
Com prescrição do seu médico.
Tais como: Valium e Demerol
E mesmo assim o sono não veio

Era madrugada
Mais uma noite em claro
A insônia como sempre
Era sua companhia

Ele teria um show neste dia
E um novo macacão iria usar
Tinha que estar descansado
Para poder recomeçar

Lá pelas nove da manhã
Resolveu ir ler no toalete
Ginger acordou e disse:
"Não vá dormir no banheiro"

Elvis para lá se dirigiu
Com intenção de ler
O livro "The Power of Jesus"
Mas não sabemos até onde ele leu

Ginger acordou e não viu
Elvis ao seu lado
Bateu na porta do banheiro
E não teve resposta

Abriu a porta e viu
Elvis caído ao chão
Com o rosto sobre o carpete
Chamou-o e ele não respondeu

Gritou por socorro
Tentaram respiração boca-a-boca
Mas nada resolveu
Então chamaram a ambulância

Foram necessários
Vários homens para transportá-lo
Pois estava fora de forma
E foi difícil de lá retirá-lo

Elvis foi levado para
O Baptist Memorial Hospital
Tentaram durante uma hora reanimá-lo
Mas nada puderam fazer

Em Graceland o pânico era total
Vernon dizia em voz alta:
"Por favor Deus,
Não deixe Elvis morrer"

Lisa apavorada
Pensava o que poderia
Ter acontecido com seu pai
Mas não imaginava o pior

Priscilla veio de Los Angeles
Sem acreditar na notícia
Amparava sua filha
Nessa hora fatídica

Todos na sala de espera
Do Baptist Memorial Hospital
Surgiu o médico de dentro da sala
Totalmente abalado e pálido

Apenas disse:
"Ele se foi"
O desespero foi total
Elvis estava morto (16/08/1977)

Priscilla pensava
Como seria a vida sem Elvis
Ele era o pai de sua filha
E a vida se tornaria vazia

Apesar de não estarem juntos
Eles sempre se amaram
Agora tinha que continuar
Sem o seu amparo

O mundo fez silêncio e chorou
Era difícil acreditar
Pois Elvis era uma pessoa
Que fazia parte de cada família

A morte foi anunciada
E milhares de pessoas
Vieram ao portão de Graceland
Para dar o último adeus

Desesperado Vernon exclamou:
"O que nós vamos fazer sem Elvis?
Senhor, tenha piedade de nós"
Seu sofrimento era imenso

Vernon autorizou a autópsia
A causa morte oficial
Foi arritmia cardíaca
O coração do Rei não suportou

Na necrópsia foram encontradas
Muitas substâncias tóxicas
Seu corpo não aguentou
Tantas medicações

Constatou-se pressão alta
E alterações no fígado e coração
Tudo nele estava em dobro
Fora de todos os padrões

Nesta hora de infortúnio
O coronel conseguiu enganar
Vernon que desesperado
Assinou papéis sem ler

Dando ao experto Coronel
O direito ao uso da imagem
De Elvis Presley
Permanecendo como seu agente

Vernon permitiu aos fãs
Verem o corpo de Elvis
Pois milhares de pessoas
Esperavam em frente á casa

No dia 17 de agosto
Abriram-se os portões de Graceland
Para que a multidão
Pudesse despedir-se de Elvis

Setenta e cinco mil pessoas
Esperavam para se despedir
Mas só vinte mil
Conseguiram vê-lo

Elvis estava embalsamado
O cabeleireiro seu amigo
Fez o que pôde
Para melhorar sua aparência

Ele estava de terno branco
Camisa azul claro e gravata branca
Com um ar sereno
Como nunca se tinha visto

A vigília continuou
Até o dia 18 de agosto
A multidão queria prestar
A última homenagem ao Rei

O presidente Carter
Uma mensagem mandou
Dizendo que Elvis era
"A vitalidade e a rebeldia"

Elton John
Mandou uma coroa de flores
Com a inscrição:
"Obrigado pela inspiração"

Alguns famosos
Fizeram questão de dizer
Que Elvis criou
Uma parte da história

"The Stamps",
O quarteto que cantava com Elvis
Ao comando da voz grave de J. D. Summer,
Cantaram suas músicas favoritas

Entre elas
"His Hand In Mine"
E também
"How Great Thou Art"

No encerramento dos shows
Uma voz no final anunciava:
"Senhoras e senhores
Elvis acaba de sair do edifício"

Mas desta vez seria dito:
"Senhoras e senhores
Elvis acaba de deixar o edifício
Mas agora para sempre"

Funeral digno de um rei
Talvez o maior registrado na história
Desespero e histeria dos fãs
Que de todas as partes vieram

Comparado com a música
"Long Black Limousine"
Que falava de um funeral
E era uma das suas favoritas

Abriram-se os portões de Graceland
E deu-se início ao cortejo fúnebre
Cadillacs brancos escoltaram
Elvis até sua última morada

O cortejo seguiu em direção
Ao cemitério Forest Hill
Onde ele iria repousar
Ao lado da mãe querida

Mas será que ele
Finalmente descansaria?
Surgiram comentários do roubo do corpo
E Vernon inconformado ficou

Resolveu transladar os restos mortais
De Elvis e Gladys
Para o Jardim da Meditação
Na sua adorada Graceland

Finalmente Elvis achou a paz
Que talvez tanto precisasse
Ao lado de sua mãe
Na casa onde viveu e morreu

Uma foto de Elvis no caixão
Foi publicada num jornal
Para muitos era montagem
E para outros a dura realidade

No Hilton Hotel (1978)
Uma estátua de Elvis
Foi colocada na entrada
Homenageando "O Rei de Vegas"

Vernon nunca mais foi o mesmo
Depois da morte do filho
Ficou sem motivação
E viver não tinha mais sentido

Sua existência acabou no dia
Em que seu filho morreu
Somente seu corpo ficou
O espírito já tinha partido

Dois anos após a morte do filho (26/06/1979)
Vernon Elvis Presley
De um ataque do coração
Veio a falecer

Em 08/05/1980
A avó Minnie Mae Presley
Morreu e repousou
Junto a Elvis e Vernon

Em 1982 Graceland
Foi aberta ao público
Tornando-se
O museu vivo de Elvis

Graceland recebe por ano
Milhares de pessoas que querem
Ver a famosa mansão
Onde Elvis Presley morou

Priscilla, em 1985, lançou o livro
"Elvis And Me"
Contando sua vida com Elvis
Ganhando milhões de dólares

Apesar de divorciada
Ainda é a "viúva" de Elvis
Assumiu os negócios
Expondo tudo que pertencia ao Rei

Mandou vir o avião e também
Os belos carrões
Todos os pertences dele
Em Graceland estão

Ela investiu milhares dólares
Para abrir Graceland ao público
Recuperou o investimento
Em poucos dias depois

Hoje Graceland é um dos lugares
Mais visitado dos Estados Unidos
Em primeiro lugar a Casa Branca
E depois a casa de Elvis

O coronel foi intimado a devolver
Os direitos autorais
Que passaram finalmente
A fazer parte da herança de Lisa

Priscilla teve um novo relacionamento
Com um rapaz mais jovem
E na maturidade
Um filho teve

Lisa Marie Presley
Casou-se e teve quatro filhos
Três meninas e um menino
Herdeiros do Rei

Elvis Presley - O mito

Elvis é a segunda imagem
Mais fotografada do planeta
A primeira é Mickey Mouse
E a outra é Elvis com certeza

Talvez não haja ninguém
Sobre a face da terra
Que não tenha ouvido
A terna voz de Elvis

Dono de um rosto lindíssimo
E um carisma sem igual
Com sua voz marcante
Impressionava até os que não eram seus fãs

Mudou os padrões da sociedade
Com suas canções
E com o seu rebolado
Varreu a América como um furacão

Foi no ano de 2000
Considerado "O Artista do Século"
Até hoje continua
Recorde de vendagens

Elvis o nome mais conhecido
E o mais imitado
Foi, e é, o Rei do rock and roll
O mundo o idolatrou

Deixou um legado
Que eternamente viverá
Através de sua música
Que sempre permanecerá

O homem morreu
Mas o mito Elvis está vivo
E as vendagens de disco após sua morte
Baterem recordes nunca descritos

A maioria dos discos esgotou-se
E "My Way" chegou ao 1.º lugar
Seguidas de outras
Que até hoje tocam sem parar

Ganha até hoje discos de ouro
Que são colocados e expostos
Ao lado daqueles
Que foram ganhos em vida

Coletâneas e coletâneas
De sucessos são lançadas
Nunca se vendeu tantos discos
Continuamente no mundo

Livros e mais livros tentam
Retratar a vida e morte do Rei
Quanto mais lemos a respeito
Mais queremos saber

Depois de Jesus Cristo
É a personalidade da História
Que mais foi retratada
E também escrita

Quem gosta de boa música
Jamais abrirá mão
Das canções de Elvis
Já que "Elvis não morreu"

Sua voz doce e terna
Continuará soando
Através das novas gerações
Que nasceram bem depois

Certamente ele nunca imaginou
Que seria tão amado
Depois de décadas de sua morte
Continua nos corações das multidões

Elvis fazia poesias
Onde falava de amor
De medo e também
De suas frustrações

Um dos seus maiores receios
Era de não ver Lisa crescer
Tinha pavor que alguma coisa
Pudesse lhe acontecer

Em suas poesias
Agradecia a Deus pelo sucesso
Questionava a morte de sua mãe
E queria ter novamente Priscilla

É um dos personagens
Mais conhecido da história contemporânea
Elvis, o Rei do Rock,
O mito e também o homem

Afinal quem foi Elvis Presley,
Um homem ou um mito?
Foi de tudo um pouco
Que permanece vivo na memória de todos

Talvez nem mesmo" The Beatles"
Tiveram a mesma
Força promocional de Elvis Presley
Depois de sua morte ela aumentou

Milhares de imitadores e sósias
Que circulam pelo mundo
Tentando imitar o Rei
Em seu apogeu e sua glória

Fãs clubes espalhados
Em todas as partes do planeta
Onde o Rei é homenageado
Como nenhum outro igual

Por sete anos
Em Las Vegas se apresentou
Onde alguns ganharam fortunas
E muitos fortunas se perderam

Com sua morte Las Vegas
Perdeu um pouco do seu brilho
Pois Elvis era "O Rei de Vegas"
E a cidade "ressentiu"

Elvis o maior mito da
Era moderna
O menino humilde de Tupelo
Que "Rei" se tornou

Bibliografia

The Elvis Encyclopedia - David E. Stanley - General Publishing Group - 1994
Elvis Presley - Dave Roberts - Carlton Books Limited - 1994
Elvis Presley – O Amanhã é Eterno - Francine Iwersen, Marcos Heron - Nova Sampa Diretriz Editora - 1994
Elvis Presley - Vamos dar uma festa - Ayrton Mugnaini Jr. - Nova Sampa Diretriz Editora - 1997
Elvis Fan Book - Paulo Cezar Castilho - Nova Sampa Diretriz - 1994
Elvis por ele mesmo - Marcelo E. L. Costa - Martin Claret Editores - 1990
Memories Beyond Graceland Gates - Mary Jenkis - West Coast Publishing – 1989
Elvis 20th Anniversary - Collector's Edition Elvis - International Forum Books - 1997
Elvis o Rei de Las Vegas - Waldenir A. Cecon - Copyright Alta Floresta MT - 2005
Elvis Mito ou Realidade - Mauricio C. Brito - America Graffit - 1992
Elvis Presley Dito e Não Dito - Arthur Davis Melhoramentos - 1997
Elvis Straight Up – Joe Esposito and Joe Russo - Steamroller Publishing LLC – 2007
Elvis Presley Unseen Archives – Marie Clayton Parragon - Publishing Book – 2006
Imagens of Elvis – Marie Clayton – 2007
Elvis And Me – Priscilla Presley -1985 Editora - Berkley Publishing

Internet – www.elvistriunfal.com
www.gangelvis.com

Cronologia

1935	8 de janeiro, nasce Elvis Aaron Presley.
1945	cantou na Feira Rural de Mississsipi, Alabama.
1953	Elvis tira seu diploma do Colegial; paga quatro dólares para gravar duas músicas na "Sun Records".
1955	vai para a gravadora RCA.
1956	estourou nas paradas com "Heartbreak Hotel".
1957	compra Graceland.
1958	alista-se no exército; morre Gladys Love Smith Presley.
1960	deixa o exército como sargento.
1965	encontro com a banda The Beatles.
1967	gravou o LP "His Hand In Mine"; 1.º de maio casa-se com Priscilla A. Beaulieu
1968	1.º de fevereiro nasce a filha Lisa Marie Presley; faz um especial para TV "68 Comeback Special".
1970	o documentário "Elvis, That's The Way It Is"
1972	o documentário "On Tour".
1973	divorcia-se de Priscilla; faz o show "Aloha From Hawaii". Primeiro programa a ser transmitido via satélite para o mundo.
1974	é internado para tratar de várias doenças.
1977	26 de junho, último show em Indianapolis; 16 de agosto Elvis morre em sua casa na cidade de Memphis.

Livros do autor brasileiro Dirceu Braz na Editora Books on Demand und Laumann Verlag / Alemanha

Dirceu Braz
Im Ozean des Lebens
Philosophische Gedanken
und Bilder zum inneren
Frieden und Wohlfühlen

Gebundener Umschlag
208 Seiten,
mit 100 farbigen
Abbildungen
ISBN 978-3-89960-334-7
Laumann Verlag

Dirceu Braz & Conny Zahor
**Engel der Vergebung
und des Friedens**
Die Wiederentdeckung
meiner Seele in
einem verlorenen Ich

Gebundener Umschlag
208 Seiten,
ISBN 978-3-89960-339-2
Laumann Verlag

Dirceu Braz
und Conny Zahor
Der Regenbogen des Daseins
Fotografie von Dominik Braz

Paperback
208 Seiten,
mit zahlreichen
s/w Abbildungen
aus Argentinien
ISBN 978-3-89960-342-2
Laumann Verlag

Dirceu Braz
Mal die ein neues Leben

Paperback
168 Seiten,
ISBN 978-3-73578-220-5
Books on Demand

Dirceu Braz
Erzählungen & Malerei

Paperback
188 Seiten,
ISBN 978-3-73470-278-5
Books on Demand

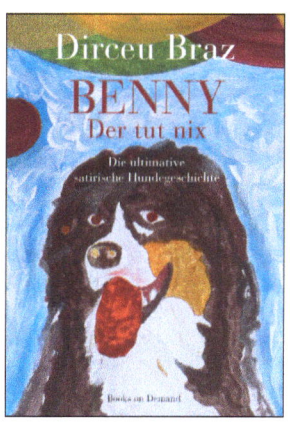

Dirceu Braz
Benny – Der tut nix
Die ultimative satirische
Hundegeschichte

Paperback
168 Seiten,
ISBN 978-3-73477-674-8
Books on Demand

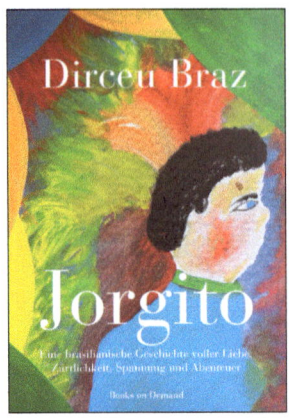

Dirceu Braz
Jorgito
Eine brasilianische voller Liebe,
Zärtlichkeit, Spannung und Abenteuer

Paperback
172 Seiten,
ISBN 978-3-73477-829-2
Books on Demand

Dirceu Braz
Die Vogelscheuche

Paperback
160 Seiten,
ISBN 978-3-73861-518-0
Books on Demand

Dirceu Braz
by Bayer Records & NGE / Germany

Trumpet Relaxing
NGE Nr. 507
Com Composições de Villa Lobos,
Ralf Gabe, Mathias Geraldo,
Dominik Braz & Uwe Clemens